너는 내 목소리를 닮았어

너는 내 목소리를 닮았어

김서해 장편소설

차례

1

나와 영원. 우리는 서울의 한 작은 서점에서 처음 만났다. 그곳은 예술 서적만 취급하는 낡고 오래된 가게였고, 한국에 온 지 겨우 두 달 된 영원은 한창 여행을 즐기는 점잖은 손님이었다.

영원의 등장은 여느 손님들과 달라 눈여겨볼 필요가 있었다. 그가 가게에 들어오자마자 십대 후반, 이십대 초반으로 보이는 여자애들 네댓 명이 따라 입장했기 때문이다. 그 애들은 목소리가 크거나 말이 많진 않았지만 부산스럽게 들락거렸다. 출입문에 달아둔 종이 연달아 딸랑대는 바람에 안쪽 사무실에서 쉬고 있던 사장님이 도둑이라도 들었냐고 중얼거리며 나와볼 정도였다.

여자애들은 책에는 조금도 관심이 없어 보였다. 무슨 뜻인지 모를 유행어를 주고받더니 스마트폰을 바싹 들이밀며 대놓고 영원의 모습을 촬영할 뿐이었다. 영원은 자신을 따라다니는 아이들에게 일일이 반응하지 않았다. 가만히 서가를 구경하기만 했다. 초록색 체크무늬 목도리로 얼굴과 목을 꽁꽁 싸맨 영원이 정확히 어떤 표정을 짓고 있는지 알 수 없었지만, 불편한 기색을 드러내지 않기 위해 묵묵히 생각 속으로 뛰어든 게 분명했다.

나는 입고된 책을 옮기려고 목장갑을 끼면서 저 남자애는 연예인이나 유튜버일 것이다, 여자애들은 팬이려나, 다들 시간이 남아도나보다, 하고 냉소했다. 쟤들은 저 남자가 왜 좋을까, 사진은 찍어서 어디 쓰는 걸까, 나 같은 소셜 미디어 중독자도 알아보지 못할 정도의 인지도를 갖추고 있어도 따라다니는 팬이 있구나, 요즘 시대의 사랑은 누구든 공공연한 빛을 누리게 하는구나 하며 한줌도 안 되는 손님들을 가지고 머릿속으로 인형 놀이를 했다. 남을 판단하고 숨은 이야기를 멋대로 추측하는 것은 내 고질적 버릇 중 하나였다.

서점 구석의 창고로 향한 나는 허리 숙여 박스를 뜯고 바닥에 질질 끌리도록 밀었다. 굴러다니는 먼지를 발로 치우고 문틈에 박스를 끼우려고 끙끙거리다가 자빠질 뻔했는데, 영원은 한 바퀴 구경을 마쳤는지 창고 입구 바로 앞에 놓인 소파에 앉아 책을 훑어보고 있었다. 그는 다리를 꼬고 양손으로 크고 두꺼운 예술서를 눕혀 잡았다. 가지런한 속눈썹이 조명 아래 피어오르는 먼지 입자들과 함께 규칙적으로 오르락내리락하고 있었다.

조용히 박스를 옮기고 싶었지만, 불가피하게 자잘한 소음이 발생해도 그는 전혀 신경쓰지 않았다. 너무 얌전해서 벌어진 페이지 사이로 푹 빠져 잠길 것만 같았다. 나는 그가 신은 새까만 부츠를 잠시 흘끗거리다가 계산대로 돌아갔다.

우리 서점은 예쁘지도, 깨끗하지도 않은데 영원처럼 화려한 사람들의 SNS 피드와 곧잘 어울리는 곳이었다. 녹청색 여닫이문, 지역 전시 포스터가 듬성듬성 붙은 벽, 수영장에나 있을 법한 동그란 물무늬 유리창 세 개, 매대 위를 가득 채운 미술 도서 때문에 얼핏 보면 작은 화랑 같아서 어디서 '힙하다'고 소문이 났는지 잘 꾸민 사람들이 자주 방문했다. 그들은 온통 영어인 원서를 살짝 펼쳐 들고 얼굴을 반쯤 가린 채 사진을 찍으면서 외국에 놀러온 행세를 즐겼다. 구석구석 탁자마다 쌓여 있는 아무도 안 읽을 것 같은 평론서와 사장님이 건너편 꽃집에서 폐점하지 말라고 매달 하나씩 사 오는 식물 화분과 잔뜩 변색된 채 유리 벽장 안에 진열된 90년대 영화

잡지와 소리가 제대로 나는지도 의심스러울 정도로 너절한 LP 앨범은 손님들의 사진 연출에 용이한 소품이 되었다. 그중에 그들의 생활과 닮거나 그들이 제대로 이해할 수 있는 것은 하나도 없을 텐데 자기 것이 아니면 뭐든지 매력적인 모양이었다. 이곳이 먼지 쌓인 낡은 상점에 불과하더라도 사람들은 시간이 빌 때 자꾸만 찾아와 촬영하고, 노란 소파에 앉아 파란 책을 훑다가 떠났다.

나는 모니터를 앞에 두고 손에 턱을 괴며 쩍쩍 하품했다. 또 한번 딸랑거리는 종소리에 고개를 내밀어 아직도 여자애들이 가게 안에 있는지 확인하려 했는데 어느새 계산대 앞에 불쑥 나타난 영원이 대뜸 말을 걸어왔다.

"혹시 추상화만 있는 책도 있어요?"

"네? 아, 잠시만요."

나는 떨떠름하게 답하면서도 곧장 일어나 회화 코너로 걸어갔다. 그때까지만 해도 나는 영원과 그가 비자발적으로 데려온 듯한 무리를 지겨워하고 있었다. 젊고 한가해 보인다는 이유로 초면인데도 어디서 많이 본 부류라고 치부하며 얼른 몽땅 나가주길 바라고 있었다.

"이쪽이에요."

손가락을 들어 추상화 관련 도서들을 콕콕 집어주자 영원의 눈동자가 내 손톱 끝을 따라 움직였다. 그는 고개를 이리저리 꺾어가며 세로로 꽂힌 책등 위에 가로로 쓰인 제목을 읽었다. 힐마 아프 클린트의 작품이 표지에 대문짝만하게 프린트된 도록 하나를 꺼낸 그는 내게 감사하다고 말하며 내가 이곳의 사장인지 물었다.

"아뇨. 그냥 알바예요."

"아하, 정말요."

영원이 묘하게 과한 반응을 보이자마자 문을 열어놓고 밖에서 매트를 털던 사장님이 돌아와 영원을 응대하기 시작했다. 사장님은 왜 찾나? 하고 인자하게 말을 건네는 소리가 서가 사이를 뚫고 날아왔다. 나는 일부러 물건들을 정리하며 바쁜 척했다.

여전히 여자애들이 영원을 지켜보고 있었다. 나는 그중 하나에게 다가가 찾는 책이 있는지 물었다. 쫓아내려는 의도는 없었지만 내심 무안을 주거나 훈계하고 싶었을지도 모른다. 모여서 남자 따라다닐 시간에 공부나 해, 좀더 생산적인 걸 해, 뭐 그런 식의 잔소리를 온몸으로 드러내고 있었을 것이다. 내가 제대로 성취하지 못한 것들을 만만한 상대에게 강요하려는 콤플렉스가 내 얼굴에 흘러넘쳤을 것이다.

아이들은 대답을 얼버무리며 쪼르르 나가더니 바깥에서 영원을 기다렸다. 날이 추운데 내쫓은 꼴이 되어 미안한 마음에 안에 있어도 된다고 소리쳤지만 그게 화근이었는지 걔들은 결국 흩어졌다.

나는 머리카락을 매만지며 뒤를 돌았다. 영원은 여전히 사장님과 대화하고 있었다. 혹시 이런 책도 있나요, 저런 책도 있나요. 이거, 그거 뭐라고 하죠? 개정판도 있나요. 포스트 임프레셔니즘 있잖아요, 탈, 타린? 아, 탈인상주의? 그렇게 말하는구나. 근데 이 잡지 파는 거예요? 와, 진짜 올드, 아니 오래됐네. 98년 12월 호? 저 이때 태어났는데! 아까와는 달리 산만하고 말수가 꽤 많았다. 여러 차례 버벅거리고, 기억나지 않는 단어를 영어로 먼저 말한 후 한국어로 정정하는 모습을 보고 나는 그의 한국어가 서툴다는 것을 짐작했다.

*

영원이 지겨운 손님에서 재밌는 손님으로 부상한 데에는 오랜 시간이 걸리지 않았다. 그는 자주 서점에 왔고, 올 때마다 책을 샀다. 여기는 대형 서점이 아니어서 회원 할인이나 포인트 적립도 없는데 그는 매번 예술 책을 사고 사장님과 수다를 떨다가 갔다. 둘은 금방 친해졌고, 하루는 영원이 가게에 커피까지 사 왔다. 사장님이 안 계신 날에는 오며 가며 몇 번 마주친 게 전부인 내게 대신 안부를 묻고 걱정을 늘어놨다.

"아프시다고요? 무릎?"

"네? 어떻게 아세요?"

"저번에 얘기하셨거든요. 빨리 나으셔야 할 텐데."

영원은 계산대에서 가장 먼 서가로 향하더니 한참 구경하다가 코너를 돌아 나왔다. 그는 한 일러스트레이터가 쓴 여행 에세이를 골라 계산대 위에 올려놨다. 그는 결제를 기다리며 한시도 가만히 있지 않았는데, 팔짱을 껴도 초조해 보이지 않았고, 손가락으로 턱을 긁어도 지루해 보이지 않았다. 그의 몸짓은 뭐든 자연스러워서 직접 행하는 것이 아니라 누가 짜놓은 코드에 의해 저절로 이루어지고 있는 것만 같았다. 나는 바코드를 스캔하며 처음으로 그에게 시답잖은 말을 건넸다.

"다독하시네요."

"네?"

"다독하신다고요. 매번 새 책 사시잖아요."

"그게 뭐예요?"

나는 '많이 읽다'가 한자어로 다독이라고 설명했다. 영원은 입술을 동그랗게 말고 고개를 끄덕이더니 하나 배웠다고, 고맙다고 말했다. 자기가 보기보다 한국어를 잘 못한다고 풀죽은 표정을 지었다.

"한국에는 언제 오셨어요? 미국에서 왔다고 들었는데."

"이제 세 달 정도 됐어요."

사장님에게 듣기로 그는 미국 시카고에서 태어나고 자란 한국계 미국인이었다. 일 때문에 몇 년간 한국에 머물러야 하는데 정착 초기라 아직은 여행자 신분이라고 했다. 우리 서점은 관광지로 추천받아 방문했다가 집에서 가깝기도 하고, 예술 책을 좋아해서 자꾸 오게 된다는 영원의 사연을 전해주던 사장님은 '개 싹싹하고 귀여운 청년이야. 오면 잘해줘'라고 나직하게 말했다. 끄덕이기야 했지만 내 정신의 밑창에는 서글픈 오기가 생겨났다. 무슨 일을 하길래 몇 년씩이나 타지에 머물고, 여자애들을 몰고 다니고, 두어 달은 탱자탱자 여행이나 하면서 놀 수 있다는 건지 우습게 여기지 않으면 안 될 것 같았다. 실은 달리 하는 일이 없다는 소리로 들려서 얕게나마 동질감을 느낄 뻔했으나, 영원은 일을 하지 않아도 쪼들리지 않는 사람이라는 것을 깨닫자마자 그런 멍청한 감정은 금방 도로 물릴 수 있었다.

"아직 여행중이세요?"

"네."

영원은 자신이 골라 온 책의 제목을 손가락으로 슬그머니 가리키며 여행을 좋아한다고 덧붙였다. 그는 계산대를 두 손으로 짚고 혹시 이 근방에 추천할 만한 장소는 없냐고 물었다. 외지인이 오면 데려가고 싶은 식당이라든가, 한번쯤 걸어보면 좋은 산책로 같은 게 궁금하다고 했다. 나는 이 동네에서 대학을 졸업하고, 대학원도 다닐 정도로 꽤 오래 살았지만 번뜩 떠오르는 곳이 없었다.

"전혀 없어요?"

설마 서울이 그렇게 시시한 곳이냐는 듯 미간에 힘을 준 영원이 말문이 막힌 나를 내려다보며 진짜로? 하나도? 하고 구걸하듯 물어서 나는 슬슬 고민에 잠겼다. 잘해줄 마음은 들지 않았지만 어쩐지 적어도 실망하게 하고 싶지 않았다. 밖에서 유흥을 즐기는 타입이 아닌 나는 지인들의 SNS에서 본 장소 중 괜찮아 보였던 곳을 기억해내기 위해 이마를 문질렀다.

"지상낙원이라는 바, 들어본 적 있어요?"

비로소 적당한 가게가 떠올라 언급하자 영원은 눈썹을 들어올리더니 동시에 살짝 찌푸렸다. 그런 곳을 들어본 적이 있었나? 또는 지상낙원이 무슨 뜻이지? 같은 의문을 품은 얼굴. 그 유연한 근육의 움직임 끝에 모호한 반응이 맺혔다.

"음, 지상낙원……"

"라이브 공연이 있어요. 어린 사람들이 많이 갈걸요. 최근에 친구가 올린 사진 보니까 인기 많은 것 같더라고요."

나도 대학 신입생 시절에 두 번 정도 가보았다고 덧붙이자 영원은 생각에 잠긴 눈으로 불현듯 서점의 창문을 바라봤다. 에메랄드색으로 빛나는 무늬유리의 반짝임이 영롱해서 단숨에 집중력을 빼앗긴 것 같았다.

어항을 보는 고양이처럼 그는 눈을 거의 깜빡이지 않았다. 시간이 느리게 흐르거나 아주 멈춘 것만 같았다. 나는 영원이 뭘 하는 사람인지, 어떻게 자란 사람인지 따위를 상상하면서 덩달아 멍하게 있다가 그가 다시 내 쪽으로 고개를 돌렸을 때 입을 열었다.

"근방에선 유명해요. 술은 괜찮은데 공연이 어떤지는 모르겠어요. 누구는 별로라고 하고, 누구는 좋았다고 하고."

종이봉투에 책을 담아 내밀자 영원은 허술한 몸짓으로 껄렁대며 고개를 끄덕였다. 별로일 수도 있다, 너무 기대하지 않는 게 좋다고 조언했더니 그는 눈가를 긁으며 불평했다.

"누나도 확신 없는 데를 추천해주면 어떡해요."

"딱히 거기 말곤 생각이 안 나네요."

굳은살이 박인 영원의 손가락에 잠시간 시선이 머물렀고,

나는 바보처럼 그의 말을 놓치고 말았다. 무언가 계속 내 몸속을 박박 긁어대는 것처럼 맥박이 세밀하게 느껴졌다. 정신이 아득하고 덜컥 겁이 나면서 영원의 목소리가 윙윙거리는 소음으로 들려왔다. 모든 게 멈춰버린 기분이 들어서 시간이 흐르는지 마는지 따위를 확인하려고 시계를 보았다. 정신을 차리기 위해 안간힘을 썼을 것이다.

"괜찮아요?"

영원이 나의 팔을 톡 건드리더니 무슨 딴생각을 하기에 갑자기 그렇게 멍해진 거냐고 물었고, 나는 그 덕분에 가까스로 집중력을 틀어쥘 수 있었다.

"네? 아, 저 자주 이래요."

대충 둘러댔지만 거짓말도 아니었다. 주의력 결핍인데 심각한 건 아니라고 주절거렸더니 영원은 눈을 깜빡이다가 다시 한번 또박또박 말했다.

"그럼 같이 가볼래요?"

"어디를요?"

"지상낙원이요."

나는 잘못 들은 줄 알고 얼굴을 구기며 그를 바라보았다. 그러나 영원은 아랑곳하지 않고 금요일 저녁에 시간 있으세요? 하며 호기롭게 웃었다.

"우리가 같이 그 바에, 금요일에요?"

"네. 재밌을 거 같은데."

그 순간 영원이 이토록 자주 서점에 와서 책을 사고 사장님과 떠든 이유가 사실은 나와의 접점을 만들기 위함이 아니었을까 하는 의구심이 머릿속을 뒤집어놓았다. 가게에 둘만 남을 때를 기다린 건 아닐까, 추파를 던지고 있는 건 아닐까. 하지만 나를 대체 왜, 뭘 보고.

적절한 근거를 찾지 못한 나는 또 영원을 내 방식대로 상상하고 평가했다. 이상한 사람이구나, 해맑고 순진한 애구나. 너무 쉽게 선을 넘어 다니는구나. 이름도 나이도 모르는 타인에게 아무렇지 않게 손 내미는 사람들은 조금만 말을 트면 자기 세계를 공유하려 덤벼들던데, 나는 함부로 영원의 세계를 떠안고 싶지 않았다. 부담스럽고 도무지 내키지 않았다.

사양할 때 으레 짓는 아쉬운 표정으로 웃었더니 영원은 내가 완곡한 거절의 표현을 찾기도 전에 억지로 연락처를 받게 했다. 거의 막무가내로 내 스마트폰을 가져간 영원에게 잠금을 풀어주자 그는 자기 번호와 이름을 빠르게 저장했다.

"이름이 김영원이에요?"

"어, 아뇨. 사실 진짜 이름은 따로 있고, 그건 한국 이름이에요."

"직접 정한 거예요?"

"엄마가 그렇게 불러요. 저라면 그걸로 안 정했죠."

"왜요? 이름 괜찮은데."

"잔액이 0원입니다. 친구들이 이렇게 많이 놀려요."

영원은 헝클어진 목도리를 고쳐 매며 자신의 별명을 말해주었고, 나는 실소했다. 잔액이라는 말은 아는데 다독은 모른다는 게 웃겼고, 지하철이나 버스 탑승 태그에서 잔액의 뜻을 배웠을 것 같아 조금 정이 갔다.

"누나는 이름이 뭐예요?"

"해인이요. 이해인."

내 이름을 들은 영원은 눈을 크게 뜨며 무슨 뜻이냐고 물었다. 다독의 뜻이 많이 읽음인 것처럼, 잔액의 뜻이 남은 값인 것처럼, 해인도 뭔가 풀이할 수 있는 단어라고 생각한 모양이었다.

"한국 이름들이 보통 다 한자가 있는데, 저는 한글 이름이에요. 하늘에 떠 있는 해 있잖아요. 세상을 비추는, '해'인 사람이라는 뜻."

건조하게 굴고 싶어도 잘 안 되었다. 나는 영원을 얼른 보내고 싶은 손님으로 생각하면서도 뭐든지 대답해주고 대화를 이었다. 몸과 마음이 서로를 내동댕이치고 있는 것 같았다.

"쓸데없이 거창하죠?"

영원은 또 한번 입술을 동그랗게 말며 감탄했다. 스스로 이름을 지을 수 있었다면 그걸로 정했을 거라면서.

*

금요일에도 영원은 특이한 방식으로 내 앞에 나타났다. 한편으로 특별하고, 다른 한편으로 불쾌한 대면이었다.

그는 좀 늦을 것 같다, 추운데 들어가 있어라, 아무데나 앉아 있어라, 먼저 주문해도 된다 등의 메시지를 보내왔다. 그럼에도 나는 고집스럽게 영원을 기다렸고, 공연 시간이 다 되어갈 때까지 입구 근처에 서 있다가 직원의 안내를 받고 어쩔 수 없이 테이블을 잡았다.

영원이 나를 바람맞혔다고 생각했다. 뭐가 문제였을까. 자기가 먼저 만나자 해놓고 막상 싫어진 이유가 무엇일까. 내가 자기보다 나이가 너무 많아서? 말이 안 통하거나 재미없는 대화만 주고받을 게 뻔해서? 어느 모로 보나 시간 낭비니까? 나는 홀로 앉아 내게서 답을 찾으려고 어지간히 애를 쓰고 있었다. 괜히 차려입었다고 후회가 줄줄 새는데도 탄식하지 않으려고 주춤거리며 맥주 한 병을 시켰다.

종업원은 곧바로 병을 꺼내 와 내 앞에 놓고 직접 뚜껑을 따주었다. 나는 김이 새어 나오는 병을 가만히 내려다봤다. 계속 보고 있으면 병 입구에서 튤립이라도 솟아오를 것 같았다. 낙담조차 똑바로 못 한 것이다.

다른 사람들이라면 어디서 새파랗게 어린 녀석이 연상을 불러놓고 늦다못해 등장조차 안 하는지 길길이 화를 냈겠지만, 나는 그런 사람으로 크지 못했다. 나는 남의 무례도 나의 주제넘음으로 해석하는 깊은 골짜기에 갇혀 속상함을 피곤함으로 덮어썼다. 틈틈이 영원을 용서하면 어느 정도 무시도 할 수 있었다. 영원에게도, 자신에게도, 이 만남이나 앞으로의 공연에도 기대가 없어서 금세 괜찮아진 것이다. 현금으로 입장료를 낸 것이 마음에 걸려서 그저 시간이나 때우다 돌아가자고 온갖 변명으로 나 자신을 달랠 뿐이었다.

나는 영원히 꽃이 피지 않을 유리병에서 시선을 거두고 바안을 둘러봤다. 거의 십 년 만에 다시 온 가게는 바뀐 것이 하나도 없었다. 무대도, 시가 적힌 낙서투성이 벽도, 유리잔과 술병들을 죽 벌여놓은 커다란 찬장도 내 기억과 상상의 혼합이라 해도 좋을 만큼 한결같았다. 나는 따분한 얼굴로 빈 옆자리와 출입구를 번갈아 보길 반복했다.

여덟시가 되자 사방이 컴컴해졌다. 몇몇 사람들이 밴드를 환영하는 의미로 휘파람을 불었다. 예의상 손뼉이라도 치기 위해 두 손을 모으는 순간 남자들이 무대 위로 우르르 올라왔다. 황당해서 입이 저절로 벌어졌다.

무리 중에 영원이 있었다. 막연한 어둠 속에서도 알아볼 수 있는, 비열할 만큼 익숙한 실루엣이 단 위를 서성였다. 그는 일렉트릭 기타를 들고 나와 익숙하게 손을 흔들고 자세를 잡았다. 조명 아래 선 영원은 몸에 기타를 걸어둔 그리스 조각상처럼 보였다. 내가 허탈함을 숨기지 못하는 동안 영원은 나를 발견하고 약 올리려는 듯 장난스러운 표정을 지었다.

영원이 피크로 줄을 몇 번 긁자 기타 앰프에서 찢어질 듯한 전자음의 향연이 터져 나왔다. 웅성이던 말소리를 전부 차단하고 관객의 몸에 천둥처럼 뻗어 드는, 몰입을 종용하는 소리였다. 나는 합주 속에 묻힌 기타의 선율을 따라가려고 현란하게 움직이는 영원의 왼손을 넋 놓고 보았다. 무슨 세뇌라도 당하는 것 같았다.

삼 분도 안 되는 짧은 시간 동안 영원은 음악에 완전히 심취한 것처럼 보였다. 어딘가 엉성해서 연기처럼 보이는 동작도 있었지만, 눈을 찡그리거나 어깨를 움찔거리며 리듬을 즐기는 모습은 거짓 같지 않았다. 그는 분명 정해진 대로 연주하는데 터무니없이 자유로워 보였다. 프론트맨과 시선을 맞추며 웃기도 하고, 어떤 가사는 읊조리듯 따라 부르기도 했다. 드러머와 동시에 커다란 음의 교집합을 만들어낼 땐 바닥을 발로 쿵쿵 구르며 조화와 절정을 극대화했다. 안 그래도 재수없는 그의 이미지에 정점을 찍는 직업이었다. 이미 예쁘게 갖춰진 파르페 꼭대기에 체리를 올리는 순간처럼, 모든 게 꼭 들어맞아 보였다.

한 곡이 끝나고 프론트맨이 밴드를 소개했다. 모빌 조명이 잔뜩 달린 천장 아래 머리카락이 곱슬거리는 남자는 숨을 몰아쉬며 인사했다. 그는 자기들이 매주 금요일과 토요일에 지상낙원에서 공연하고 있으니 자주 와달라고 말하며 웃었다. 영원은 이마에 흐르는 땀을 손목으로 닦고 곧바로 두 눈을 기타줄에 두었다. 때때로 관중을 힐끔거리긴 했지만, 다음 곡으로 넘어갈 때까지 톤을 고르게 만드는 데 매진했다.

내가 이 바를 추천했을 때, 멍해졌던 영원이 떠올랐다. 공연이 좋은지 나쁜지 모르겠다고 떠들었던 나와 그 공연을 위해 한국에 온 영원. 그는 분명 내게 뭔가를 보여주려던 것이다. 확신이 없던 내게 확신을 주고 싶었을 것이다.

영원은 밴드 '카드뮴 그린'의 기타리스트였다. 그 해괴한 이름에도, 과시하며 노래하는 프론트맨에게도, 시끄럽게 호응하는 객석에도 나는 일말의 관심을 줄 수 없었다. 시선을 나눠줄 수 없었다. 오로지 영원의 연주만 지켜보면서도 그가 하는 일이 뭔지 낱낱이 알고 싶어 갑갑했다. 조금만 더 자세히 보면 그의 열정이나 재능을 내가 전부 가로챌 수도 있을 것만 같았다.

사십 분가량의 공연이 끝나고 밴드는 환호 속에 무대를 정리했다. 모두가 현실로 튕겨 나오는 둔한 감각을 공유할 때, 콘서트만큼의 열기는 아니지만 비슷한 후끈함이 장내를 꿉꿉하게 채웠다. 서점에서 봤던 여자애들과 못마땅한 얼굴로 라이브를 평가하는 아저씨들과 앞에서 노래하든 말든 자기들 세상에 갇힌 연인들 사이의 탁한 공기와 한 것도 없으면서 잔뜩 지친 내가 너무 어울리지 않아서 질식할 것 같았다.

나는 급하게 비상구 계단으로 향했다. 아무도 없는 곳에서 잠깐 쉬려고 했을 것이다. 그러나 창문 너머 앙상한 겨울 나무 실루엣을 보자마자 마음이 바뀌었다. 페인트가 벗겨진 십자 창틀이 나무 그림자와 유리에 비친 나를 사등분 하는 것을 보자마자 내가 어울리는 곳은 저 밖이라고, 나가야 한다고 스스로 속삭여야만 했다. 나는 자리로 돌아가 귀에 맴도는 얼터너티브 록 음악을 뇌에서 씻어내고 싶은 소망으로 겉옷을 챙겼다.

직원이 마이크를 잡고 2부에 다른 아티스트의 공연이 준비

되어 있으니 자리를 지켜달라고 알렸지만, 나는 못 들은 척 병을 비운 뒤 귀가했다. 영원으로부터 걸려 오는 전화를 모조리 무시하면서.

집으로 걸어가는 길 내내 나는 나에 대해 생각했다. 나의 이름과 모난 얼굴, 서른을 넘긴 나이와 텅 빈 커리어, 코트와 운동화, 학창 시절 췄던 춤, 대학 시절 그렸던 그림, 몰래 쓴 글. 엎질렀는데 흐르지 않은 꿈들, 어엿하지 못한 삶.

취한 척하고 아스팔트 바닥에 고꾸라지고 싶은 충동은 가까스로 참았지만, 나는 대체 뭐가 문제인지 백날 물어봤자 끝이 없는 자책이 새까맣게 몰려와서 신경질이 났다. 걸음마다 보이는 가로등을 죄다 꺼버리고 싶었다.

*

아침이 되어서야 영원에게 문자를 보냈다. 집에 급한 일이 생겨서 정신없이 돌아갔다, 공연 잘 봤다 하며 나름대로 예의를 차렸다. 두어 시간쯤 지나고 '다행이에요'라는 답장을 받았다. 더 기다려도 다른 메시지는 없었다. 역시 영원은 깊이 있는 교류를 하려고 나를 부른 게 아니라, 단순히 자신의 공연을 보여주고 싶었던 것이다. 전시의 욕구를 채운 것뿐이다.

그러므로 나 역시 더 연락하지 않았다.

나는 주말 동안 집안일과 인터넷을 하고 이따금 밖을 내다 봤다. 까맣게 물든 눈이 죽죽 녹아 하수구로 흐르는 것과 새 들의 이동, 그리고 노을을, 그러니까 시간이 흐르는 모습을 하염없이 보았다. 그 탓에 움직임이 무뎌져서 볕들 때 옮겨둔 화분 하나를 잘못 건드려 깨먹었다. 되는 일이 없다고 느끼면 서도 사진을 찍어 SNS에 올렸다. 보잘것없는 방, 바닥을 뒤덮 은 흙도 남에게 보여주면 괜찮아지는 것 같았다. 내 삶이 아 니라 먼 곳의 소문처럼 대할 수 있었다. 낡은 서점에서 외국 책 사진을 찍는 사람들, 대뜸 공연을 보러 오게 만든 영원과 나를 분리하려 했지만 우리는 모두 근본적으로 비슷했다.

식물을 옮기고 흙과 파편을 치우고 나니 월요일이 다가왔 다. 나는 다시 서점으로 향했다. 사장님께 이번 달까지만 일할 수 있을 것 같다, 개강 후에는 나오기 어려울 것 같다고 통보 했다. 사장님은 말없이 끄덕이기만 했다. 일주일 뒤, 그는 영 원이 나 대신 서점에서 일하기로 했다는 소식을 전했다.

어쩌다 영원을 고용하게 된 건지 묻지 않아도 뻔히 알 수 있었다. 영원이 손님으로 방문하여 사장님과 노닥거리다가 자연스레 일을 배우기 위해 내 옆에 섰을 때, 나는 전혀 놀라 지 않고 물었다. 밴드 때문에 바쁜 건 아닌지, 손님 응대는 해본 적 있는지.

"웬만한 공연은 밤에만 하고, 또 주말에 해서 괜찮아요."

"그래요?"

"합주나 연습도 시간이 대충 정해져 있고요."

그는 어차피 부업 하나 구할 생각이었다면서 씩 웃었다. 미국에 살 때도 옷가게, 기념품 가게에서 일한 적 있어서 맡겨만 달라고 했다. 뻔뻔하고 활기찼지만 별로 실속은 없어 보였다. 내가 그에게 매장 열쇠와 비밀번호, 입고 시기와 시스템, 포스 사용법, 청소 같은 기본적인 것들을 알려주는데도 하나도 받아 적지 않길래 다 외울 수 있냐고 물었을 때 그제야 영원은 주섬주섬 스마트폰 메모장을 열어 타자를 쳤다.

"누나는 대학생이에요?"

"대학원생이에요."

"전공이 뭐예요?"

짬이 날 때 영원은 내 개인 정보를 물었다. 나는 그가 내게 관심 없다는 사실을 머릿속 깊이 새겨 알고 있었지만 나도 모르게 주절거렸다.

"순수미술과예요. 그림 그리는 거요."

"그렇구나. 저는 학교에선 작곡과예요."

영원은 허공에 대고 손가락으로 높은음자리표를 그리더니

누나도 예술가구나, 하며 미소를 지었다. 나를 반가워하는 것 같았지만 거부감이 들어서 아무 말도 하지 않았다. 나는 얼어붙은 것처럼 뻣뻣하게 서 있다가 영원에게 매대 정리를 시킨 뒤 화장실로 숨었다.

거울 속의 나는 안색이 좋지 않고 어딘가 떨떨해 보였다. 이런 얼굴로 뭐라도 된 것처럼 다 외울 수 있냐고 시비를 털었다니. 예술가가 맞는다고 웃든지, 웃으면서 얼버무리든지 둘 중 하나라도 제대로 하던가. 스스로 다그치며 되물었다. 넌 뭐야? 뭐가 된 거야? 왜 아직 아무것도 안 된 거야.

항상 예술가가 되고 싶었지만 된 적이 없었다. 학창 시절 내내 춤을 췄지만 무용수가 되지 못했고, 어쩌다 뒤늦게 준비한 미대에 합격했지만 화가가 되지 못했다. 그렇다고 다른 기술을 배워 디자이너가 된 것도 아니고, 교육을 배워 강사가 된 것도 아니었다. 갑자기 글을 쓰고 싶다고 남는 학점으로 문예창작학과 수업을 들으며 글쓰기를 배웠지만 작가가 되지도 못했다. 할 수 있는 게 없어서 대학원에 지원한 것이지 정말 예술을 깊이 연구하거나 더 공부하고 싶은 진심이 있는 것도 아니었다. 진짜 예술가는 기타 치며 남들 앞에서 공연하고 돈도 버는 영원 같은 사람이지 나는 정작 아무것도 아니었는데, 그가 나를 예술가라고 부르며 웃어준 게 우리가 같은 편이라고, 어딘가 통할지도 모른다고 속삭이는 것 같아서 어지러웠다. 착각이 나에게 겁을 주었다.

나는 다시 가게로 돌아가 동그란 창틀을 닦았다. 바닥을 쓸고 탁자 주위를 빙 돌며 먼지를 털었다. 반복 노동처럼 보이는 건 전부 다 했다. 심신 수련과 결이 맞닿는 행동들을 무작정 수행하다보면 엉망으로 엉킨 정신을 다잡을 수 있을 것 같았다.

영원은 나 대신 계산대에 서서 아까 받아 적은 메모를 재차 읽다가 사무실로 들어가던 사장님에게 말을 걸었다.

"사장님, 저 턴테이블 켜봐도 돼요?"

그는 내가 이곳에서 일 년 가까이 일하는 동안 단 한 번도 만져본 적 없는 기계에 아무렇지 않게 다가갔고, 사장님은 마치 그 물음을 기다려온 사람처럼 웃으며 허락을 내려주었다.

영원이 조심스러운 손길로 사장님이 모았던 LP 몇 장을 매만졌다. 그는 빨간색 앨범 하나를 골라 바이닐을 꺼냈다. 그가 세팅을 마치고 작동을 시험하자 곧이어 서점에는 재즈가 흘렀다. 피아노와 드럼 사이로 나팔이 섞여 들었다. 오래된 나무 바닥을 밟을 때 나는 소리와 비슷했다. 영원은 바비 티몬스의 'Dat Dere'가 공간을 에워싸게 놔두고 음에 맞춰 턱을 흔들었다. 소리가 그의 몸에서 빠져나오는 것처럼 보였다.

"이런 거 좋아하시는구나."

따스한 미소로 일관하던 사장님은 그 정도면 요즘 음악이 라면서 손을 휘저었다. 영원은 트롬본 소리를 입으로 작게 따라 하며 킬킬거렸다. 그는 사장님의 음악 취향과 유산을 흡수하고 단숨에 서점을 자기 공간으로 만들어버렸다. 나는 두 사람을 지켜보다가 마저 청소했다. 신경을 긁다가 허무하게 빠져나가는 저주파 잡음이, 재즈가 관통한 공기의 느슨함이 불쾌해서 죄다 외면해버렸다. 서점 직원이 되어서도 음악을 통해 적응하는 영원과 꼭두각시처럼 일하는 나 사이의 간극이 예술가라는 단어를 기점으로 무한하게 넓어지는 것 같았다.

우리는 내내 각자의 영역을 지키다가 퇴근 시간이 되어서야 다시 알은체를 했다. 그는 내게 가장 좋아하는 책에 대해 물었다. 내가 제인 오스틴과 박완서의 소설을 자주 읽는다고 답하자 그는 가장 좋아하는 영화에 대해 물었다. 내가 스코세이지와 박찬욱 영화를 좋아한다고 답하자 영원은 잘 모르지만 인정한다는 눈빛을 빛내며 고개를 끄덕였다. 널널한 분위기의 면접처럼 흘러가는 대화에 영원은 성실하게 응했다.

그나마 학교에서 배운 적이 있을 제인 오스틴이 가장 익숙했는지 그는 『오만과 편견』 얘기를 꺼냈다. 영원은 내가 알려준 방법으로 무사히 매출 전산을 마감하며 주절댔다.

"아직도 다아시가 갑자기 엘리자베스를 왜 좋아하는 건지 이해가 안 돼요."

나는 입구를 잠근 뒤 조명을 하나 둘 끄며 답했다. 여러 번 읽으면 다아시가 어느 순간부터 서서히 뒤틀리는 것을 알게 된다고.

"겉으로는 딱딱하고 오만하지만 대사를 다시 잘 읽어보면, 그저 자기 마음을 잘 모르는 사람이라는 게 느껴져요."

엘리자베스 역시 다아시의 편지를 재독하며 그의 마음을 받아들이게 된다는 점도 짚어주었다. 영원은 컴컴해진 공간을 헤매며 좋아하는 마음을 어떻게 바로 모르냐고 했고, 나는 어깨를 으쓱였다. 우리는 희미한 빛을 따라 뒷문으로 빠져나가며 계속 대화했다.

"마음은 자기 건데, 자기가 아니면 누가 알아요?"

"긴가민가할 수도 있고, 좋아하기 싫을 수도 있잖아요."

영원은 입을 삐죽이더니 동의한다는 듯 끄덕거렸다.

"그런 적 있어요?"

그는 좋아하는 마음을 바로 알아채지 못한 적이 있는지 물었고, 나는 뒤늦게 깨달은 적이 있다고 답했다. 영원은 헷갈릴 때 어떻게 확신을 가지는지 알고 싶다고 중얼거렸다. 나는 나도 모른다고 솔직하게 말하고, 그와 나란히 길을 건너 꽃집 앞에서 헤어졌다.

*

　영원은 매일 내게 질문을 던졌다. 새로운 근무자로 온 날은 가장 좋아하는 책과 영화를 물었고, 그다음 날은 가장 싫어하는 책을, 그다음 날은 가장 싫어하는 영화를, 그다음 날은 가장 좋아하는 과목을, 그다음 날은 가장 싫어하는 과목을 궁금해했다. 외국어 학원 가면 나눠주는 기본 대화 주제 같은 것만 족족 골라서 물어댔다.

　엉뚱하고 복잡한 질문을 할 때도 있었다. 그는 주로 한산한 시간에 창고에서 책을 꺼내 읽었는데, 무언가 흥미로운 대목을 발견하면 곱씹듯 묻는 것 같았다.

　"완전히 새로운 감정을 알게 된 적 있어요?"

　영원은 내게 전에 느껴본 적 없어서 뭐라고 불러야 하는지 모르는 감정을 마주한 적이 있는지 물었다. 그는 종일 별생각 없는 초등학생처럼 굴면서 어쩌다 한번씩 철학적인 물음을 내놓았다. 나는 그가 뭘 기대하는지 몰라도 진지한 답을 들려주고 싶었다.

　"있었겠죠. 잘 기억은 안 나요. 근데,"

"근데?"

"그런 것보단…… 안다고 생각했던 것들이 정확하지 않았다는 걸 깨달은 적이 많은 것 같아요."

"예를 들면요?"

"예를 들면, 영화에서 보고 느꼈던 것들이요."

영원은 마치 내가 할 말을 모두 알고 있는 사람처럼 반응했다. 우리 목소리가 짧게나마 거듭 겹칠 때 나는 사소한 희열을 느꼈다.

"너무 자세히 배워서 내 기억이라고 착각할 정도로 깊이 빠져서 느낀 감정들 있잖아요. 그게 가짜는 아니지만, 나중에, 언젠가 비슷한 순간에 놓였을 때 그게 이게 아니라는 걸 알게 되는 거예요."

"그게 어떤 건데요?"

"가족이나 친구와 멀리 떨어질 때, 드라마에서 보면 막 껴안고 울잖아요. 한동안 못 볼 거니까 눈물이 나나 했는데, 조금 다르더라고요."

나는 영원에게 한국에 올 때 가족이나 친구들과 어떤 인사를 나누었는지 물었다. 영원은 멀리 떨어져 지내는 게 이번이 처음이라서 내가 말한 대로 공항에서 엄마를 껴안고 울었다고 했다. 나는 왜 운 것인지 물었고, 영원은 그리울 걸 아니까

울었겠죠? 하고 갸웃거렸다. 당연한 걸 왜 묻냐는 듯 어리둥
절한 표정이었다.

"그게 다는 아닐 거예요."

나는 영원에게 다시 곰곰이 그 순간을 떠올려보라고 했다.
단순한 그리움이나 아쉬움 외에 정체를 알 수 없는 까마득한
슬픔이 있지 않은지 물었다. 영원은 한참 생각하더니 그게 무
슨 슬픔인지 말해달라고 했다. 나는 그에게 내 경험을 말해주
었다.

"난 중학교 졸업할 때 제일 친한 친구랑 학교가 갈렸거든
요? 아예 지역이 달라졌어요. 집에 돌아갈 때마다 눈물이 나
는 거예요. 마지막 인사가 아니라는 걸 알아도, 인사를 할 때
면 마지막 인사를 상상하게 되어서요. 매 순간이 예행연습 같
았어요."

그리고 그 연습은 몇 번을 해도 충분하지 않았음을 나중에
깨달았다고 덧붙이려 했는데, 무거운 대화를 할 시기는 아닌
것 같아서 입을 다물었다. 영원은 예행연습이라는 단어를 반
복적으로 읊조리더니, 벌떡 일어나 서가의 낡은 책들을 창고
로 옮겨 꽂으면서 뭔지 알 것 같다고 말했다.

"슬픔도 리허설이 있구나. 밴드 같네."

"밴드 같아요?"

"근데, 기쁨도 똑같이 예행연습이 많이 있을 거예요."

나는 모든 감정이 그런 식일 거라고 생각하지 않았는데, 영원의 말을 듣자마자 그럴지도 모른다고 작은 가능성을 열어 두게 되었다.

우리는 보름 동안 인수인계를 빌미로 수다를 떨었다. 함께 파본을 골라내는 척, 책을 보며 떠들었다는 뜻이다. 어떤 날에는 재즈의 발전사가 담긴 책을 펴놓고 흑백사진 속 옛날 미국의 재즈 바를 상상하고, 어떤 날에는 설치미술 감상법이 담긴 책을 소리 내어 읽으며 공간이니 오브제니 떠들었다.

"친구 중에도 미술하는 사람 많아요?"

"별로 친한 사람이 없어요. 한 명 있는데, 민영이라고. 걔가 이런 걸 해요."

나는 책 속의 사진을 가리켰다. 민영의 작품은 아니지만 규모나 배치 방식이 비슷해 보였다.

"외국에서 활동도 하고 꽤 잘나가더라고요."

"잘됐네요."

"잘됐죠. 금방 유명해진 애예요."

민영은 내가 한때 부러워하던 사람이었는데, 영원과 어딘가 닮았다고 말하려다 찝찝해서 관두었다. 막연한 느낌일 뿐이라 뭐가 닮은지도 모르겠고, 다른 사람 이야기를 구구절절 늘어놓기에 적절한 때가 아니라고 생각했다.

다른 날에는 함께 인상주의 책을 펴놓고 하염없이 그림을 감상하기도 했다. 영원은 인상주의 작품들이 다 아름답지만 사로잡는 건 아니라고 했다. 나는 그의 말에 동조하면서도 예외를 두었다.

"그래도 반 고흐 그림은 가끔 오랫동안 바라보게 되지 않아요?"

페이지를 밀어 넘겨 고흐의 그림을 찾아낸 나는 영원의 얼굴과 〈론강의 별이 빛나는 밤〉을 번갈아 보며 물었다. 별빛이 강물 표면 위에서 울렁거리는 그림이 우리의 턱 아래 반듯하게 펼쳐졌다.

"반 고흐 그림만요?"

"꼭 그런 건 아니지만."

나는 페이지를 또 넘겼다. 고흐가 그린 초상화들과 꽃들이 정렬된 페이지를 쭉 훑으며 나는 익숙한 생기를 발견했다.

"이 그림의 뭐가 마음에 들어요?"

"활발한 붓질? 어딘가 들떠서, 한껏 부풀어서 그린 것 같거든요."

"생기가 넘친다?"

영원은 내 머릿속을 훤히 들여다보는 것처럼 말했고, 나는 그에 대항하듯 답했다. 생기가 아니라 용기가 넘치는 것 같다고.

"어느 날 갑자기 뭔가 해낼 수 있을 것 같아서 그린 것처럼 보여요."

영원은 내 답을 듣자마자 손가락으로 서점의 창을 가리켰다. 그는 고흐가 저런 흐릿한 유리 뒤에서만 밖을 본 사람 같다고 했다. 우리는 나란히 동그란 무늬유리 앞에 서서 고흐의 그림처럼 흐물거리는 세상을 바라봤다. 진눈깨비가 쏟아지고 있었다.

*

그날 우리는 꽃집 앞에서 헤어지지 않고 지하철역까지 함께 가기로 했다. 영원은 퇴근을 준비하면서 잊지 않고 또 질문했다.

"어떤 음악 좋아해요?"

그가 열쇠를 돌려 문을 잠그고 추위에 오들오들 떨며 주머니에 손을 넣는 동안, 나는 그의 질문을 기대했던 사람처럼 마구 답했다.

"다 잘 들어요. 팝, 힙합, 일렉트로닉…… 전부. 얼터너티브 록도 좋아하고요. 영화 음악도 많이 찾아 듣고. 지브리나 한스 짐머 같은……"

고장난 수도꼭지처럼 띄엄띄엄 장르를 하나씩 덧붙이는 나를 나조차 이해할 수 없었다. 아마 영원을 지루하게 만들기 싫어서 발악을 했을 것이다. 그런데 그는 질문이 잘못된 거 같다면서 다시 물었다.

"가장 좋아하는 노래가 뭐예요?"

"되게 많은데요?"

지하철역으로 걸어가는 길 위에는 눈얼음이 부스러기처럼 남아 있었다. 영원은 그 작은 빙판들을 매끄럽게 피하며 설명했다.

"음, 만약 해킹당해서 플레이리스트가 다 날아갔다고 쳐요."

극단적인 상황을 가정한 영원이 역사 계단을 먼저 내려가며 나를 돌아보았다. 나는 처음으로 그를 내려다볼 수 있었다.

"새로 만들어야 하잖아요. 가장 먼저 추가할 노래가 뭐예요?"

"가장 먼저 추가한다고 해서 가장 좋아하는 노래라는 법 있나?"

나는 혼잣말을 하듯 반박했고, 성큼성큼 개찰구로 걸어가던 영원은 가장 먼저 생각나는 노래니까 그만큼 소중한 것이라고 설명했다. 무의식은 꿈이고 꿈은 푹 꺼진 사랑이라고 했다. 수수께끼 같은 말에 꽂혀 나는 그의 뒷모습을 우두커니 보았다. 영원이 지갑을 꺼내 교통카드 단말기에 갖다 댈 때 나는 다소 초조하게 물었다.

"부풀어오른 사랑도 있어요?"

영원은 뭐겠어요? 하며 웃었다. 꿈이 아닌 사랑은 다 부푼 사랑이라고 했다. 남이 묻지 않아도 스스로 알아낼 수 있는 사랑은 항상 눈에 잘 띈다고, 그런 것들이 바람이 빠지면 무의식 속으로 사라지는 거라고 했다. 내가 제일 좋아하는 노래는 이미 그 무의식의 일원이 된 거라고 했다. 나는 납득한 척 고개를 끄덕였고, 영원은 나를 물끄러미 보다가 승강장으로 내려가며 자기가 가장 좋아하는 노래를 먼저 틀어주었다.

"저는 이 노래예요."

그는 스마트폰으로 노래를 재생했다. 어떤 강렬한 록도, 심오한 팝도 아니고 의외로 유명한 대중가요였다. 소녀시대의 '다시 만난 세계'. 내가 영원 씨 이 세대 아니지 않아요? 하고 물었더니 영원은 넋 나간 얼굴로 황당해하다가 자기 스물셋이라고 발끈했다. 그렇게 어리지 않다고 주장하는 것 같았지만 너무 어린 나이여서 나는 뭐라고 반응해야 할지 몰라 꾸물거렸다.

"그래도, 음. 미국인이잖아요."

"소녀시대는 알죠."

"그렇구나. 근데 이게 왜 제일 먼저 추가하는 노래예요?"

"이거 듣고 처음으로 음악이 좋아졌어요."

소녀시대의 노래로 음악에 입문해 기타리스트가 된 영원은 열차를 기다리며 흥얼흥얼 '다시 만난 세계'를 따라 불렀다.

"이 노래가 먼저 목록에 있어야 다른 노래를 들을 수 있을 것 같은 느낌이에요."

그는 '다시 만난 세계'가 초심을 잃지 않게 꽉 잡아주는, 약간 부적 같은 노래라고 소개하더니 다시 내가 가장 좋아하는 노래가 무엇인지 물었다. 그가 말하는 '가장 좋아하는'은 잊힌 취향의 서곡을 의미하는 것 같았다.

나는 즉시 음악 앱에 접속해 내가 이용하는 모든 플레이리스트를 확인했다. 눈길을 붙드는 곡이 하나 있었는데, 곡 제목을 터치하자 물방울이 떨어지는 것 같은 맑은 피아노 건반 소리가 났다. 영화 〈센과 치히로의 행방불명〉에 나오는 히사이시 조의 '어느 여름날'이었다. 단조로운 멜로디가 점점 정교해지기 전에 꺼버렸지만, 영원은 아, 이거 알아요! 하며 손뼉을 쳤다. 그는 곡의 제목을 맞히려고 눈을 가늘게 뜨고 뭐더라, 뭐였죠? 써머, 무슨 써머 아닌가? 하며 혼자만의 스피드 게임을 즐겼다.

"맞아요, '어느 여름날'이에요."

열차가 들어오는 소리에 나의 대답이 갈려나가자 영원이 귀를 가까이 들이밀었다. 나는 '어느 여름날'이라고 다시 한 번 말해주었고, 그는 왜 이 곡을 골랐는지 물었다. 나는 어깨를 으쓱이고 먼저 도착한 열차에 탑승했다. 그에게 성의 없는 인사를 건네고 돌아섰다.

내가 가장 좋아하는 노래가 이거라고 인정하고 싶지 않았다. 나는 충동적으로 플레이리스트에서 '어느 여름날'을 지워버렸다. 삭제 버튼을 터치하는 것만으로 이 노래에 대한 기억까지 전부 없앨 수 있을 것 같은 착각이 들어서 기꺼이 그렇게 했다. 속에서 스멀스멀 올라오는 역겨움을 참지 못한 나는 끔찍한 전율을 느끼며 급격히 우울해졌다. 이 노래는 내가 주희에게 춤을 갓 배우던 시절에, 주희와 정해진 안무 없이 멋대로 춤을 춰볼 때 들었던 음악이었다.

기분이 왔다갔다하는 것은 자주 있는 일이었지만, 나는 이례적으로 야외에서 울어버렸다. 지상으로 올라와 역을 빠져나오자마자 공원 덤불 옆에 주저앉아서 토하듯이 울었다. 화려한 크리스마스 전구를 아직도 치우지 않은 도시 한복판에서, 두 손으로 스마트폰을 부여잡고 '어느 여름날'이 사라져 버린 목록을 무작위로 재생했다. 남아 있는 온갖 여름 노래를 들으며 화면에 이마를 박고 한참 숨을 고르다가 집으로 돌아와 진정제를 먹고 잠들었다.

2

나와 주희. 우리는 같은 초등학교와 중학교에 다녔다. 주희는 서울 소재의 예술 고등학교에 진학했고, 나는 집 앞 일반 고등학교에 가면서 우리는 멀어지게 되었다. 그때는 명확하게 알 수 없었고 알고 싶지도 않았지만, 나는 주희를 많이 좋아했다. 내가 답답한 우리집에서 도망칠 때마다 주희는 나를 적극적으로 받아주고, 숨겨주었으니까.

주희를 처음 만난 날도 나는 도망치고 있었다. 편의점에서 아무것도 훔치지 않았다고 부모님께 거짓말을 하고 길거리에서 두들겨 맞다가 홧김에 동네를 빠져나가고 있었다. 주희는 타이츠를 신고 한 손에 발레 슈즈 가방을 든 채 하천 징검다리를 건너고 있었는데, 나는 다리 위에서 주희를 내려다봤고,

주희는 시선을 느끼며 나를 올려다봤다.

그날 나는 스프레이 냄새가 덜 빠진 그라피티 앞에서 주희에게 에폴망 크루아제라는 동작을 배웠다. 왼발 끝과 오른발 끝이 각각 왼쪽, 오른쪽을 향하도록 하면서 왼발을 오른발 뒤에 바짝 붙여야 해서 편한 자세는 아니었으므로 처음에는 잘 따라 하지 못했다. 그러나 내가 여러 차례 균형을 잃어도 주희는 다시 해보라고 격려하거나 배를 내밀지 말고 좀더 꼿꼿하게 서면 된다고 조언해주었다.

다리를 기둥이라고 생각해, 먼저 내 팔 잡고 해봐, 원래 바를 잡고 연습하니까 잘못된 거 아니야, 이제 두 손을 아래로 둥글게 모아, 손바닥은 위를 봐야 해. 어때? 그 애는 재밌지? 재밌지 않아? 하고 떼를 쓰듯 물었다. 나는 뭐라고 답했더라. 두 손으로 공기를 동그랗게 퍼내는 것 같다고, 동문서답했던가.

춤을 한참 배우고 나서 나는 주희에게 이름을 물었다.

"너 3학년 4반이지? 이름이 뭐야?"

"나 박주희. 너는?"

"난 2반 이해인."

"혀에 이야, 하에 이야?"

해인의 해가 혜인지 해인지 묻는 주희에게 해라고, 태양이라는 뜻이라고 말해주자 주희는 고개를 기울이더니 한자가 아니야? 하고 되물었다. 나는 부모님이 세상을 밝게 비추는 '해'인 사람이 되라는 의미로 해인이라고 지었다고 설명했다. 주희는 큰 소리로 웃으며 농담했다.

"그럼 너 동생 이름은 달인이야?"

우리는 그날부터 하교를 함께했다. 주희는 무용 학원에 가야 해서 종례에 참여하지 않고 집에 가는 날이 많았는데, 그때는 꼭 2반까지 와서 손을 흔들고 갔다.

처음에는 나도 손을 흔들거나 고개를 끄덕이며 맞인사를 했지만, 점점 무시하거나 째려보게 되었다. 다른 애들이 네모난 복도 창틀 속에 쏙 들어와 환하게 웃는 주희를 한번 보고 일제히 고개를 돌려 나를 볼 때마다 이유를 알 수 없는 짜증이 치밀었기 때문이다. 또, 주희가 먼저 간다고 인사할 땐 왠지 모르게 홀로 남겨지는 기분이 들었다. 그 애가 언제든, 어디서든 나보다 먼저 떠날 것 같은 예감이 손전등처럼 머릿속을 깜빡깜빡 비췄다.

어떤 남자애가 나만 보면 주희와 사귀냐고 놀려서 나는 주희를 찾아가 따진 적이 있다. 주희는 분수대 앞에서 새로 산 발레 슈즈를 운동장 스탠드에 마구 내려치고 있었다. 화가 난 줄 알고 눈치를 봤는데 주희는 씩 웃으며 다 됐다고 했다. 내가 뭐 하는 거냐고 묻자 그 애는 보면 몰라? 하며 어깨를 으쓱이더니 새로 산 토슈즈는 원래 이렇게 내려쳐서 말랑말랑하게, 잘 꺾이게 만들어야 한다고 설명했다.

"왜 그렇게 내려쳐야 하는데?"

"너무 뻣뻣하고 딱딱해서. 아직은 이렇게 설 수가 없어."

주희는 두 손을 살짝 오므렸다. 발등을 내밀어 발이 앞으로 꺾이게끔 서는 자세를 표현한 것이었다. 나는 이런 걸 신지 않고 주희가 알려주는 간단한 동작만 가볍게 배우고 있었기에 발레할 때 꼭 토슈즈를 신어야 하는지, 신기 전에 박살을 내야 하는지 전혀 알지 못했다.

나는 가만히 서서 주희의 작업을 지켜볼 작정이었지만 주희는 내게 자신의 새 토슈즈 한 짝을 내밀었다. 얼결에 건네받은 토슈즈는 앞코가 네모나고, 반짝거리는 재질의 천이 둘려 있어서 엄청 예쁜 발굽 같았다. 우리는 각자 한 짝씩 잡고 스탠드에 내려치기도 하고 발로 밟기도 하면서 열심히 토슈즈를 길들였다. 주희가 내 몸짓이 너무 과격하다며 웃다가 전에 신던 것을 내 앞에 놔두었다.

"그건 필요하면 너 신어도 돼."

딱 봐도 아직 쓸 만한 것 같은데 주희는 전혀 연연하지 않는 것 같았다. 뜯어지지도 않았고 낡지도 않았다고 말해도 새

침한 얼굴로 알고 있다고 답했고, 이런 건 얼마냐고 물어도 엄마가 결제하니까 자긴 모른다고 했다. 내게 언니가 있었다면 주희 같은 사람이었을까 잠시 상상해봤지만, 나에게 언니가 몇 명이 있든 토슈즈를 물려받지 못했을 것이다. 우리집은 누군가 춤을 출 수 있는 곳이 아니었다. 춤을 추자마자 돈을 억 단위로 벌고 영원히 유명할 수 있다고 신이 보증이라도 해주지 않는 이상.

나는 주희가 준 분홍색 토슈즈를 손에 꼭 쥐고 본론을 꺼냈다.

"고마워. 근데 너 앞으로도 계속 그럴 거야?"

"뭐가?"

주희는 컬이 들어간 긴 머리를 손가락에 돌돌 감으면서 나를 쳐다봤다. 내가 주희를 째려보자 주희는 두 손으로 리본이 달린 머리띠를 고쳐 쓰면서 내가 무슨 말을 하는지 전혀 모르겠다는 듯 어리둥절한 표정을 지었다. 주희는 머리띠 쓰는 것을 별로 좋아하지 않았지만, 그 머리띠는 주희 엄마가 잘 어울리니까 꼭 쓰고 다니라고 몇 번씩 잔소리를 해서 어쩔 수 없이 하고 다니는 액세서리였다.

"일찍 갈 때 나한테 말 안 하고 가도 돼. 어차피 일층 내려가려면 너희 반 앞 지나야 하고, 너 반에 없으면 난 그냥 가거든."

"창피해서 그러는구나?"

"그럼 자랑스럽겠어?"

주희는 내 답을 듣고 눈을 깜빡이며 몇 초간 생각하다가 말했다.

"네가 싫으면 안 할게."

무심한 표정과 차가운 말투에 당황했지만, 주희는 금방 밝은 목소리를 냈다.

"오늘 학원 안 가는데 우리집 갈래?"

나는 주희가 자기 집에 가자고 하면 절대 거절하지 않았다. 넓고 깨끗하고 큰 거울이 있는 주희의 방에서 우리는 방해받지 않고 나란히 춤을 출 수 있었다.

주희는 내가 따진 날 이후로 하교 시간은 물론 쉬는 시간에도 나를 거의 찾아오지 않았다. 남자애들은 둘이 헤어졌냐고 놀렸다. 리본이 달린 머리띠를 쓴다는 이유로 공주병이라 불리던 주희를 떼어내든 떼어내지 않든, 나와 그 애는 금세 동류가 되어 있었다.

고학년 때는 쭉 같은 반이어서 따로 인사할 필요도, 언제 만나자고 정할 필요도 없었다. 우리는 담임 선생님도 한 묶음으로 취급할 정도로 붙어다녔다. 단지 주희가 여러 콩쿠르에 나가게 되면서 점점 바빠졌고, 가끔 예민하게 신경질을 내서 내 상황이 애매해질 때가 있었다. 주희와 두 명 이상의 집단이 싸우면 이따금 나처럼 애매한 애들이 와서 넌 누구 편이냐고 속닥거렸다. 주희와 대립하는 애들은 대체로 아이라인을 진하게 그리고 서클렌즈를 낀 채 인상을 자주 써서, 나는 매번 무슨 일이 있었는지 전혀 듣지 못했다고 얼버무렸다.

주희는 점점 평판이 나빠지고 무리에서 자주 탈락했다. 학교보다 학원을 더 좋아하고 학교에서는 주로 나와만 대화했다. 내게 주희가 그러했듯 아마 주희에게도 내가 모종의 도피처였을 것이다.

주희는 네 살 때부터 발레를 배웠다. 인생 내내 발레 레슨을 받은 그 애는 지방이 없는 몸과 산뜻한 움직임에 집착했고, 알은체하길 좋아했다. 꼭 내게 발레 관련 지식이나 소식을 알려주려고 해서 가끔은 피곤했지만, 지겨운 티를 내면 주희가 춤을 알려주지 않을 것 같아서 나는 항상 귀담아들었다.

"해인아. 〈백조의 호수〉에서 오데트와 오딜은 같은 사람이 연기한다는 거 알아?"

주희는 자신이 떠받드는 사람들, 특히 학원 언니들, 선생님, 엄마에게 좋은 인상을 주지 못하거나 그들의 인정을 받지 못할 때마다 내게 다가와서 아무거나 자신에게 가장 친숙한 주제로 말을 꺼냈을 것이다. 주희가 좋아하는 사람 중에 주희가 아는 것을 모르는 사람은 나밖에 없었을 테니까. 주희를 우러러보며 반응하는 사람은 나뿐이었을 테니까.

"다른 캐릭터인데 한 사람이 연기한다고?"

"응."

"진짜? 왜?"

"둘이 닮아서 왕자가 헷갈린다는 내용이니까? 같은 사람이 해야 더 말이 되지!"

나는 그 이야기가 무척 안타깝고 언짢았다. 우리가 나중에 함께 〈백조의 호수〉를 공연하게 된다면, 주희가 오데트를 하고 내가 오딜을 하면 되겠다고 은연중에 정해두었는데 그 둘을 모두 주희가 한다면 내 배역은 대체 무엇일지 상상할 수 없었기 때문이다. 평범한 다른 백조가 되는 건 싫었다. 차라리 왕자 역을 맡으면 몰라도.

"한 사람이 두 개의 역을 하려면 헷갈리겠다. 심지어 오데트랑 오딜이면 완전히 다르게 연기해야 할 거 아니야."

"너무 힘들겠지. 나라면 정신이 분열될 거야."

주희는 오데트 같은 배역을 연기하려면 엄청나게 잘하는 발레리나가 되어야 한다고 중얼댔다. 주희처럼 춤을 잘 춰도 자신 없는 작품이 있다니. 나는 더이상 발레 이야기를 하고 싶지 않아서 말을 돌렸다.

"분열이 뭐야?"

"분열이 뭔지 몰라? 책 좀 읽어. 나뉜다는 뜻이야."

"그냥 나뉜다고 하면 되지, 되게 뭐라고 하네."

중학교에 진학하고 주희는 자주 따돌림의 대상이 되었다. 더 큰 학교에 다닌다는 건 더 많은 사람에게 잘 보여야 한다는 뜻이어서 까딱하면 더 많은 사람에게 밉보인다는 것과 같았다. 다만 미움에 정당하고 뚜렷한 이유가 있는 일은 드물었다. 보통은 나댄다, 띠껍다라는 그럴듯하고도 아주 모호한 이유로 미움의 신이 희생양을 골랐다.

나는 주희의 언행이나 인성, 인간관계에 관심이 없어서 무슨 일이 있어도 그 애의 옆자리를 차지하고 있었다. 내게 춤을 알려주고 나를 혼자 두지 않는다는 점에서 더할 나위 없이 좋은 안식처였기 때문이다. 나는 주희를 만나면 뭘 훔칠 필요도 없었고, 관심받고 싶어서 무리하지 않아도 되었다.

우리는 주희 엄마가 빌린 작은 연습실에서, 체육관 농구 코트에서, 학교 화장실 거울 앞에서, 또는 주희의 방에서 함께 춤을 췄다. 나는 청소년기를 주희와 춤으로 채웠다. 여러 폭력에 둘러싸여 있었지만 그럼에도 한 올 해체할 수 없는 완벽한 시절이었다.

"발레에서는 평행이 중요해."

내가 주희가 보여주는 모든 동작을 곧바로 그 자리에서 그 럴듯하게 따라 할 수 있는 실력을 갖추었을 즈음, 주희와 나 는 히사이시 조의 '어느 여름날'을 틀어놓고 연습실에서 스트 레칭하고 있었다. 나는 주희가 말하는 평행이 무슨 뜻인지 몰 라서 주희를 빤히 쳐다봤다.

"왜?"

"다른 무용수의 경로를 방해하거나 몸이 부딪히면 안 되니 까."

각자의 온전한 춤을 위해 평행의 동선을 유지해야 한다는 뜻 이었다. 주희는 어떤 군무든 동선은 매우 중요하다고 말했다.

"그러면 발레리나들은 무대 위에서 서로 닿을 수가 없어?"

"그런 말이 아니야. 모든 동작을 동시에, 똑같이, 조금도 어 긋나지 않게 춰야 한다는 거야."

"노력해볼게."

나는 자리에서 일어나 자유롭게 몸을 움직였다. 몸이 공중 으로 솟아오르기라도 할 것처럼 어깨를 펴고 가슴을 내밀면 서 준비 자세를 취했다. 주희는 거울 속에 비친 나를 보다가 갑자기 뭔가를 깨달은 듯 말했다.

"서로 닿을 수가 없는 거 같아."

한결 침착해진 주희가 내 말이 맞는다고 끄덕였다.

"거봐."

"내가 해본 역들은 다 그랬던 거 같아. 주인공들이 아니면 서로 몸이 닿는 일은 별로 없는 거 같아."

손가락을 교차시킨 주희가 웃으면서 다시 강조했다. 발레는 진짜 평행이 중요한 것 같다면서 어쩐지 씁쓸하게 말하길래 주인공이 아니면 외롭겠다고 대꾸했더니 주희는 노래가 끝나갈 때까지 아무 말 하지 않다가 자신 없는 말투로 말했다.

"우리는 지금 연습하는 중이니까 조금은 부딪혀도 돼."

*

나는 주희가 항상 혼자라서 내가 주희와 쉽게 친구가 되었다고 생각했는데, 우리가 서로 유일한 선택지여서 맺어졌다고 믿었는데, 다시 그때를 떠올려보면 단정짓기 어려웠다. 나는 거대한 학교 폭력의 구조 속에서 주희가 학교 폭력 위원회를 열지 않도록 돕는 부역자에 불과했던 것 같다.

소위 잘나가는 애들이 나를 교실 뒤로 불러 해인아, 박주희가 우리 얘기 안 해? 하고 물었고, 나는 매번 전혀? 너희 얘기 안 하던데? 하고 나불댔다. 걔들이 주희의 화장품과 돈을 훔친 걸 주희로부터 들었지만 모르는 척했다. 사실은 걔들과 원만하게 지내고 싶어서 주희와 있을 때보다 더 과장된 웃음을 터뜨리며 상냥하게 말했을 것이다.

주희가 내게 무슨 일이 있었는지 물어보면 나는 항상 괜히 갈등 빚기 싫다는 이유로 잡아뗐다.

"네 얘기 안 물어보던데? 틴트 빌려달라고 한 거였어."

뻔뻔하게 거짓말을 해도 주희는 나를 의심하지 않았다. 주희는 나보단 그 여자애들의 눈빛이나 반응을 신경썼다. 내 무릎 위에 앉아서 그 애들을 지켜보고 나와 팔짱을 낀 채 그 애들의 대화를 유심히 들었다. 어쩌면 주희 역시 서열에 어정쩡하게 끼어 있는 나를 이용할 작정이었는지도 모른다. 곁에 있어도 자기편을 들지 않는 나를 통해 그 애들과 친해질 수 있다고 믿었는지도 모른다. 그래서 나의 위선과 가식을 몇 번이고 참아주고, 내가 원하면 언제든지 춤을 알려주면서 나를 동아줄처럼 잡고 있었을지도 모른다. 그게 다 아니라면, 나를 너무 좋아해서 나를 지켜주고 싶었던 건지도 모르고.

나는 주희가 먼저 시범을 보인 뒤 연속 동작을 박자마다 쪼개어 알려줄 때를 좋아했다. 주희는 무서운 레슨 선생님 흉내를 종종 냈다. 언성 높이며 손뼉을 치거나 이것저것 단호하게 지적하며 나를 강하게 훈련시켰는데, 나는 그때마다 진짜 무용수라도 된 것 같은 기분이 들어서 내일이라도 당장 무대에

설 사람처럼 간절하게 배웠다.

춤에는 여러 기능이 있었다. 배에 힘을 주고 어깨를 편 채 발끝을 움직이면 잡생각이 사라졌고, 큰 공을 안은 듯 두 팔을 동그랗게 벌리면 내가 공기를 지배하는 것만 같았다. 상반신을 굽혔다가 다시 위를 볼 때나 큰 보폭으로 이동할 땐 무궁한 자유를 느꼈다. 손가락에 힘을 빼고 긴장을 제거한 팔을 위에서 아래로, 앞을 향해 쭉 내리뻗을 땐 온몸이 아름다워지는 기분이었다.

몇 차례의 반복 연습이 끝나면 배가 당기고 목이 말랐다. 겨드랑이부터 팔꿈치까지 맥박이 뛰는 것 같고 허벅지는 욱신거렸다. 내가 힘에 부쳐 주저앉으면 주희는 고양이를 흉내내며 옆으로 뛰는 파 드 샤를 보여주고 공중에 떠 있는 것처럼 발꿈치가 전혀 바닥에 닿지 않은 채로 움직였다. 몸의 모든 근육과 인대를 자기 뜻대로 다루는 주희의 춤을 나는 한없이 사랑했다. 주희를 모방할 때만 내 의지로 살아 있는 기분이 들었다.

중학교 3학년 때 어쩌다 따라간 무용 학원에서 주희보다 잘하는 것 같다는 칭찬을 듣고 몹시 행복했다. 내가 언젠가 무용수가 될 줄 알았다. 그때는 눈치가 별로 없어서 그 칭찬이 어른들의 빈말인 것도, 주희를 더 자극하기 위한 말인 줄도 몰랐고, 진짜로 재능이 있다고 해도 재능은 재능일 뿐이라는 것도 몰랐다. 무언가가 되기 위해서는 끝없이 노력하고 연습해야 한다는 것을 알지 못했다. 무용수가 되려면 미친듯이 춤을 춰야 하고 화가가 되려면 셀 수 없이 많은 그림을 그려야 하고 의사가 되려면 몇 년간 밤새 의학을 공부해야 하고 변호사가 되려면 법을 달달 외워야 하는데 나는 가만히 있으면 알아서 모든 일이 일어나고 이뤄지는 줄 알았다.

단지 춤을 좋아해서, 그런 사소한 이유만으로 주희와 학교가 갈린 후에도 꾸준히 춤을 췄다. 엄마에게 무용 학원에 보내달라고 떼쓰기도 하고 혼자 이것저것 알아보고 다녔다. 이상하게 파고들면 파고들수록 온 세상이 겨우 열일곱인 내게 이미 늦었다고 말하고 있었다.

무용의 세계에 입성하기 위해선 주희처럼 일찍이 주변의 수많은 어른들로부터 지지를 받아야 했다. 충분한 자본이 필요했다. 그게 아니라면 아주 특출나서 나를 지원해줄 사람이나 재단을 찾아야 했다. 자수성가한 유명인들이 꿈꾸는 덴 돈이 들지 않는다고, 얼마든지 높은 이상을 품고 노력한다면 목표를 달성할 수 있다고 말하지만, 그러기에 내 열정은 미적지근했다. 꿈에 닿기 전에 일단 눈앞의 벽이라도 넘으려면 돈이 필요할 것 같았다.

나는 그 현실을 천천히 이해하는 과정에 놓여 있었다. 그런데 주희가 고등학교 2학년 어느 여름날 세상을 떠났고, 그 애가 세상에 더는 존재하지 않는다는 사실을 알자마자 내가 여태 춤을 좋아한 이유가 주희라는 것을 깨달았다. 주희가 내 안에 남아 있던 춤을 붙잡고 달아난 것 같은 기분이 들었다. 누가 내 몸에 파이프를 연결해서 꿈이니 계획이니 하는 것들을 전부 뽑아가는 것 같았다.

나는 소식을 들은 날 벌벌 떨며 집으로 뛰어갔다. 운동장을 가로질러 온갖 분식집들 앞을 지나 외진 지름길 위를 달렸다.

왜 나는 아무것도 알 수 없었을까? 꿈을 이루려면 노력해야 한다는 것도, 배움에는 의지가 중요하다는 것도, 누군가가 갑자기 떠날 수 있다는 것도 당연한 상식인데 어째서 모든 것이 예고 없이 행해지는 재앙처럼 느껴졌을까. 나는 사람들이 원망스러웠다. 왜 다들 한 치 앞도 모르는데 작정을 하거나 약속을 할 수 있는지 묻고 싶었다.

집에 들어갈 엄두가 나지 않아 현관문 앞에 쪼그려 앉아 한 시간 동안 하늘을 봤다. 노란 페인트가 칠해진 아파트 복도 벽 위에 파란 하늘이 반듯하게 차올라 있었다. 세상이 분리되어 있는 것처럼 느껴졌다. 나는 노을이 지고 시간이 지나가는 것을 보면서 주희와 나 자신을 책망했다. 해가 질 걸 알면 가

로등을 세우고 해가 뜰 걸 알면 기다리면 되는데, 왜 도망을
간 거야? 왜 아무것도 너를 돕거나 붙잡을 수 없었던 거야?
왜 나는 아무것도 못한 거야?

　왜 살면서 이해해야 할 게 이렇게 많은 거냐고 소리를 바락
바락 지르고 싶었다.

*

　장례식은 할머니가 돌아가신 후 처음 가는 것이었다. 엄마
와 함께 주희 가족에게 조용히 인사했다. 주희 엄마의 버석하
게 마른 얼굴 뒤로 주희처럼 마른 애들이 줄지어 서서 울고
있었다. 영정 속 주희는 액자 안에 붙들려 환하게 웃고 있어
서, 애들 우는 소리가 꿈결처럼 느껴졌다.

　나는 울지 않고 사진만 바라봤다. 입상했던 날의 기념사진
을 쓴 것 같았다. 아무리 그 사진을 뚫어질 기세로 봐도, 까만
상복과 조문객들과 하얀 국화를 봐도 눈물이 한 방울도 나오
지 않았다. 머리로는 아는데 몸이 납득하지 못한 것 같았다.
언제라도 서울에 찾아가면 역에서 기다리고 있을 것 같고, 사
람 없는 운동장에서 같이 춤을 출 수 있을 것 같고, 말을 걸
면 대답을 들을 수 있을 것 같았다. 그 감각을 진실이 방해하

거나 제거하지 못했다. 몸이 어째서 울어야 하는지 모르는 것 같았다. 너는 대체 무슨 생각이었는지 소리를 고래고래 질러서 알아내고 싶었는데 다시는 목소리를 들을 수 없다는 것조차 몸이 이해하지 못해서, 언제라도 물어볼 수 있을 것 같아서 가만히 있었다.

하수구 냄새가 진동하는 하천에서, 새파란 그라피티 앞에서 내게 발레를 보여주던 주희의 모습이 눈만 감으면 떠올랐다. 새까만 스크린에 영상을 쏘듯 선명했다. 내가 가진 대부분의 기억이 망가진 프레임으로 움직이는데 그 최초의 춤은 오류가 없었다. 나는 고통 속에 헌화했다. 꽃이 아니라 손을 잘라 두고 가는 것 같았다.

밖으로 나왔을 때, 주희의 학교 친구들이 동그랗게 모여 중앙에 발을 두고 서 있었다. 허리와 어깨를 꼿꼿하게 편 여자애들은 음악도 없는데 팔을 바깥으로 뻗기도 하고 다시 움켜쥐듯 모으기도 하며 물결 같은 대형으로 움직이기 시작했다. 백조의 날갯짓처럼 팔을 나풀거리는 고상한 동작들이 이어졌다. 머리를 꽉 묶은 여자애 하나가 폴짝거리며 앞으로 나왔다. 그 애가 하늘을 향해 두 팔을 앞으로 펼치는 동안 사람들이 쑥덕거렸다. 주희가 주인공으로 서던 무대에서 주희를 선두로 무대에서 퇴장하는 안무를 재현한 것이라는 말이 들렸다.

몇몇 어른들이 장례식장에서 야단을 피운다고 화를 냈지만, 아이들은 모두 입술을 깨물고 악에 받쳐 춤을 췄다. 눈물이 그렁그렁 고여도 일사불란하게, 몸이 허공을 가르는 소리만 들릴 정도로 조용하게. 온몸으로 사랑을 게우는 것 같았다.

나는 그들 사이에 섞여 들어 춤추는 나를 상상했다. 언젠가 주희가 오데트라면 내가 오딜이길 바랐었는데, 주희가 오데트와 오딜을 둘 다 연기한다면 나는 다른 백조가 되어 뒷줄에 서기보단 왕자라도 되겠다고 생각했었는데. 결국 나는 아무것도 되지 못했고, 백조들을 지켜보는 것 말고는 할 수 있는 게 없었다. 잡생각이 뒤섞이고 뭉개지는 것을 느끼며 엄마 차에 올라탔다.

돌아가는 길에 엄마가 영어 학원 빠질 생각은 하지 말라고 해서 억지로 학원에 갔다. 시간당 몇만원인지 아냐고, 환불도 못 받는데 빠지고 싶냐고 해서 가겠다고 해버렸다. 어차피 집에 가고 싶지도 않았기 때문에 학원에 가는 게 오히려 나을 것 같았다.

나는 강사가 무슨 설명을 하든 주희 친구들이 장례식장 앞에서 빙글빙글 돌던 모습을 떠올렸다. 오데트의 자리를 비워놓고 춤추던 그 애들 사이로 끼어들고 싶은 나의 우스운 욕망에 모든 신경이 그을리고 있었다.

나는 수업 도중에 갑자기 헛구역질을 하며 화장실로 달려갔다. 냉기가 가득한 화장실에서 세수하고 거울에 비친 내 얼굴을 보다가 너무 답답해서 허리를 숙여 수도꼭지에 몇 번 머리를 박았다. 새빨개진 이마에 작은 상처가 났지만 아픔을 느낄 수 없었다. 아무리 내 손으로 뺨을 때리고 팔과 가슴을 쳐도 진동만 남았다. 울고 싶은데 어떻게 해도 눈물이 나지 않았다.

나는 충동적으로 두 발끝을 바짝 세우고 차이콥스키의 〈백조의 호수〉를 흥얼거렸다. 울지도 못하고 웃지도 못하고 토하지도 못하고 모든 감정이 경계 위에 아슬아슬하게 구르는 채로 춤을 췄다. 주희가 알려줬던 동작을 하나하나 되풀이하다가 쓰러졌다. 앰뷸런스 안에서 꿈을 꿨는데, 어떤 정원의 분수 앞에서 나와 주희는 고양이를 흉내내며 춤을 추고 있었다.

"우리 언제까지 연습해야 해?"

"가로등에 불 들어오면 그만하고 돌아가자."

나는 주희와 손을 잡고 회전하며 가로등을 지켜봤다. 영원히 해가 지지 않아서 우리는 지치지 않고 계속 춤을 췄다. 모든 동작이 같은 속도로 이어져 우리는 서로의 그림자처럼 보였다. 병실에서 깨어나 시계를 확인했을 땐, 하루가 꼬박 지나 있었다.

그후로 춤을 춰본 적이 없었다. 추고 싶은 마음이 들지 않았고, 몸들이 만드는 곡선을 보기만 해도 불편했다. 내가 지금 이 자리에 살아 있다고 느끼게 해주는 단 하나의 수단을 잃어도 상관이 없을 만큼 불안해서 도망쳤다. 잠시라도 춤 생각을 하면 몸에 염증이라도 날 것처럼.

나는 고등학교를 졸업할 때까지 계속 주희의 죽음을 생각했다. 그 애가 마지막으로 무슨 생각을 했을지 멋대로 상상하고 함부로 미안해했다. 주희의 삶에서 가장 중요한 순간이 그 이상한 마침표라고 믿었던 것이다. 그 점이 찍히기 전의 세계를 도저히 직시할 수 없었다.

*

영원의 질문이 아예 없는 날도 있었다. 내가 아무런 말을 하지 않는 날에, 생각이 헤픈 날과 없는 날에, 햇빛을 받아도 우울 에피소드에서 헤어 나오지 못하는 날에 그는 완전히 정지한 물체처럼 가만히 있거나 어딘가로 숨어버리곤 했다.

손님이 없어 한가한 때에 그는 다시 고양이처럼 돌연 나타나 발로 매트 위에 직선 자국을 길게 내며 땅따먹기 놀이를 하자고 권했다. 영원은 정적이나 고요 끝에서 말을 걸어왔다.

공연의 시작을 알리는 기타 소리처럼 내 아득한 정신을 깨우고 개입했다.

어떤 날, 또 어떤 날, 연속으로 흘러가는 어떤 나날 중 하루는 영원이 저녁에 합주가 있다고 등에 기타를 메고 왔다. 그는 쉴 새 없이 악보를 보면서 허공에다 손을 움직였다. 구성이 갑자기 바뀌어서 급히 외워야 한다며 말수가 눈에 띄게 줄었다.

영원이 잔뜩 가라앉은 날, 앞에 있어도 대화할 수 없어 그의 목소리를 들을 수 없는 날, 나는 분위기를 억지로 끌어올리지 않고 오래된 재즈를 들으며 일과를 마쳤다.

내가 마지막으로 출근한 날, 그는 벼락치기 하듯 여러 가지 새로운 주제를 늘어놓았다. 가장 좋아하는 여행지는 어디인지, 가장 즐기는 스포츠는 무엇인지, 가장 자주 먹는 디저트는 어느 것인지.

나는 재고를 점검하며 하나하나 답해주었다. 여행은 많이 안 다녀서 선택지 자체가 적지만 도쿄 여행이 좋았다. 스포츠를 별로 좋아하지 않지만 종종 배드민턴을 친다. 디저트를 딱히 찾아다니는 편은 아니지만 역 근처 파이 가게에서 가을에만 판매하는 몽블랑 파이가 맛있었다. 기간이 지난 포스터를 떼어내고 책이 난잡하게 쓰러진 선반을 정리하는 동안 영원은 옆에서 내 모든 행동을 어설프게 따라 하며 지겹지도 않은지 또 질문했다.

"누나가 좋아하는 사람들은 누구예요?"

"좋아하는 사람?"

"네. 꼭 애인이 아니더라도요. 친구, 첫사랑, 아니면 선생님이라든가. 물론 가족도 되고요."

나는 영원과 함께 서점을 정리하고 나오면서 친구, 첫사랑, 선생님, 가족에 대해 생각했다. 우리는 물속에 잠긴 것처럼 천천히 걸었다.

건너편 건물의 노란 창들을, 저녁을 격자무늬로 메우는 네모난 빛을 바라보다가 질문을 까먹고 멍해졌다. 영원은 자기가 너무 어려운 질문을 던진 게 틀림없다고 천연스럽게 말했다.

"어려운 건 아니고, 어차피 말해도 영원 씨가 모르는 사람들이잖아요."

"그러니까 물어보죠. 아는 사람이면 뭐 하러 물어요?"

영원은 환하게 웃더니 앞서 걸었다. 내가 속으로 사람들을 간추리는 동안 영원은 한 빌라 뒷골목에 버려진 유아용 미끄럼틀을 발견하고 그쪽으로 발걸음을 바삐 뗐다. 뛰어가는 꼴이 영락없는 어린애 같아서 가만히 지켜보았는데, 영원은 기타 케이스를 구석에 잘 세워두더니 갑자기 그 연두색 미끄럼틀 위로 올라가 두 다리를 폈다.

미끄러지기는커녕 몸을 조금 구겼다 펴자마자 바로 발이 땅에 닿았다. 영원은 큰 소리로 웃으면서 내게 손짓했다. 건물 뒤에 기차도 있고 트램펄린도 있다면서 마치 놀이공원에 온 것처럼 신나서 떠들었다.

그는 버려진 유아용 기차 카트에 엉덩이를 욱여넣었다. 다리는 도저히 들어가지 않는지 카트 밖으로 종아리를 걸쳐둔 영원의 자세가 전체적으로 우스꽝스러웠다. 그는 그런 줄도 모르고 내게 좀 밀어달라고 부탁했다.

행여 누가 볼까봐 빠르게 달려가 영원이 담긴 카트를 장난감 철도 위로 힘껏 밀어주었다. 어차피 말려도 제 발로 나올 것 같지 않았다. 시끄러우니까 너무 크게 웃지만 말라고 경고했다. 영원은 나를 올려보면서 의미심장하게 웃더니 벌떡 일어나 나를 기차에 태워주었다. 나는 얼결에 장난감 기차에 눕듯이 앉았다. 영원은 나를 손님이라고 부르면서 이 열차는 스위스 뮌헨까지 운행된다며 헛소리를 늘어놨다. 뮌헨은 독일이라고 정정해주자 그는 목적지를 미국 시카고로 수정했다. 가방에서 마커를 꺼낸 영원은 카트 앞에 CHICAGO라고 두꺼운 글씨로 낙서했다.

"남의 물건인데 그래도 돼요?"

"버린 거잖아요."

그는 내가 탄 카트를 앞뒤로 수십 번 밀어주었고, 나는 황당해서 웃는 것 말고는 할 수 있는 게 없었다.

어지러워서 멈춰달라고 요청했을 때, 영원은 어느새 점잖게 웃으며 내게 손을 내밀었다. 그는 내 손을 꽉 붙잡고 나를 꺼내주더니 말도 안 되게 낮은 미끄럼틀 위에 앉아서 뭔가를 흥얼거렸다. 나는 다리가 망가진 트램펄린에 앉아 영원의 행동을 구경했다.

영원은 대뜸 일어나 기타 케이스를 열었다. 야외에 내버려진 실내용 미끄럼틀에 기대어 서서 손가락으로 기타줄을 튕기는 영원의 움직임에는 진지함과 장난스러움이, 냉철함과 천진난만함이 모두 담겨 있었다.

"소리가 되게 장난감 같아요."

"일렉은 원래 앰프 없으면 장난감이에요."

영원은 울림이 전혀 없는, 악기치고 소리가 너무 작아서 웃기기까지 한 날것의 일렉트릭 기타로 멜로디를 만들었다.

"이런 노래는 어때요? 음만 생각나는데 한번 들어봐요."

영원은 이상한 가사로 몇 소절을 읊조렸다. 도쿄 여행이 좋아요 배드민턴이 좋아요 맛있는 베이커리 몽블랑 파이. 도쿄 같이 떠날래요 배드민턴 칠래요 그 애플파이도 꼭 다 사줄게요. 이딴 가사를 아주 감미롭게 여러 차례 되풀이했다. 나는 널브러진 기차를 원래의 모습으로 정돈하고 손을 털었다. 남의 이야기로 창작하는 거 아니라고 정색했더니 영원은 글자 수가 잘 맞는 단어들이었을 뿐이라고 멋쩍게 답했다.

"기타가 왜 좋아요?"

"곡선이 있고 뚫려 있어요."

"소리가 좋은 게 아니라?"

"그것도 맞죠."

우리는 추위를 잊고 골목에 서서 담배를 피웠다. 나는 평소 흡연을 하지 않지만 어쩐지 거절할 수 없었다. 연초도, 불도, 이상한 질문들도, 변명까지도 영원이 건네는 것은 다 받아버렸다. 영원은 방금 생각해낸 단순하기 짝이 없는 노래를 녹음해두고 나를 보았다. 또다시 내게 좋아하는 사람들에 관해 물었다.

어떤 면에서 그는 아주 굳건했다. 나는 그 꿋꿋함에 상을 주기 위해 답했다. 여럿 있지만 몇 년 전에 들었던 글쓰기 수업 교수님이 마침 생각난다고. 글쓰기를 배워보고 싶어서 문예창작학과 수업을 몇 개 들었는데, 교수님이 좋은 사람이었다고.

내가 수강한 수업은 유명 소설가 겸 평론가가 담당했다. 그의 소설은 엄청나게 유쾌하거나 감동적이지 않았지만 살면서 문득 떠오르는 문장들이 여기저기 튀어나오는 글들이었다. 읽는 순간 완전히 다른 세계로 인도하진 않아도, 뒤늦게 울리는 글이 세련된 것이라고 믿었던 나는 별생각 없이 그의 수업을 선택해 들어갔다.

소설가가 과연 가르치는 것도 잘할까? 의심하며 인문대 건물로 향했던 때가 기억났다. 당시 나는 자본주의로 김장을 했다고 해도 과언이 아닌 사립 대학에서 강의를 소비하는 당당한 소비자였기 때문에, 어디 한번 제대로 가르쳐봐라 식의 태도로 수업을 들었다. 오만방자함이 이목구비에서부터 드러났을 텐데도 교수는 정성스럽게 내 과제를 읽어주고 덕담을 마다하지 않았다.

'근데 미대 학생이 이 수업을 왜 들어요?'

피드백을 마친 교수는 주름이 많은 눈가를 살살 매만지며 물었다. 그는 교탁에 팔꿈치 한쪽을 얹어두고 한쪽 다리만 굽힌 채 서 있었고, 나는 그 앞에서 벌벌 떠는 척하며 답했다.

'소설을 쓰고 싶어서요.'

'소설이 왜?'

'어…… 교수님은 왜 쓰시는데요?'

'사람들은 답하기 곤란하면 해인 학생처럼 이렇게 되물어

요. 사람들이 무슨 행동을 왜 하는지 생각하는 게 재밌어서 씁니다.'

'사람들한테 관심이 없어도 쓸 수 있나요?'

'그럴 수가 있나? 뭘 쓰고 싶은데요?'

'저는…… 그냥 제 얘기를 하고 싶은데요.'

그럴 거면 차라리 일기를 쓰는 건 어때요? 하고 비꼴 줄 알았으나 교수는 반가운 소리라도 들은 듯 하하 웃었다.

'글은 솔직히 죄다 자기 얘기예요. 좋은 동기네요.'

그는 면담이 있어서 가보겠다며 내 습작을 돌려주고 강의실 출입구로 저벅저벅 걸어갔다. 내가 교수의 등에 대고 꾸벅 인사하자 그는 까먹은 것이 있는지 문지방을 밟은 채 뒤를 돌아보았다.

'교수님이라는 호칭보단 선생님을 더 선호합니다. 선생님이라고 불러주세요.'

대학에 와서는 처음 들어보는 말이었다. 아마 나는 멀뚱히 서서 왜요? 하고 물었을 것이다. 그는 내 말을 듣지 못한 채 떠났지만, 나는 스스로 답해볼 수 있었다. 그 일은 내가 단어의 섬세함을 조금 더 사랑하게 된 계기였다. 그렇다고 그 교수인지 선생인지 뭔지를 좋아하기만 한 건 아니었다. 그는 수업마다 똑같은 요지를 강조했다. 하나마나 한 말 쓰지 말라.

군더더기 없이 쓰라. 언젠가는 그걸 진리처럼 믿었는데, 퇴고할 때마다 필요 없는 말을 전부 삭제하고 나니 매번 절반 분량이 사라졌다. 그러다 문득 반발심이 생겼다.

"너나 그렇게 해. 너나 말을 아껴. 이런 식이었죠."

"교수한테 그렇게 말했다고요?"

"아니요, 그냥 그런 태도였단 뜻이에요. 나는 왠지 반항하고 싶었거든요."

영원은 이런 나의 오기가 흥미로웠는지 피식거렸다.

"사춘기가 상당히 늦게 온 것 같은데요?"

"사춘기?"

나는 사춘기라는 말을 작은 목소리로 몇 번 발음하다가 웃었다. 내가 아직도 사춘기인 것 같았다. 도무지 끝나지 않아서 너무나 열받는 유급이었다.

"왜 그런 마음이 들었어요?"

"뭐가요?"

"왜 너나 그렇게 해, 난 안 해! 이런 마음이 들었냐고요."

영원은 입에서 연기를 흘려 보내며 말했다. 나는 바닥에 담배를 비벼 끄고 꽁초를 주워 쓰레기통을 찾다가 자연스레 걷기 시작했다.

"글쎄요."

거짓 없이, 그러나 너무 미련하지 않은 답을 하고 싶었다. 나는 영원을 이끌고 육교를 건너며 내가 어떤 사람인지 설명했다.

"나는 물건이 많은 사람이에요."

"물건이요?"

"언젠가 분명 쓸 일이 있을 것 같아서 아무것도 안 버리고, 가방마다 똑같은 물건을 채워놓고 준비해요."

"그래서요?"

"남들이 미니멀리즘이 어쩌니 하면서 사람 사는 티도 안 나는 집에 살 때, 나는 그런 문화가 당혹스러워요."

아마 그래서 문장조차 버릴 수 없었나보다 하니 영원은 내가 쓴 글을 읽어보고 싶다고 했다. 얼마나 산만하고 지저분한 글일지 기대된다고 했다. 하나마나 한 말이 넘치고 군더더기도 더러 있는 재능 없는 글이라고 답하자 영원은 활짝 웃었다.

"그래도 자기만의 질서가 있을 거예요."

그는 듣기 좋은 말을 곧잘 했다. 내가 오랫동안 듣고 싶었던 말만 들려주는 재주가 있었다.

"그림도 그렇게 그려요?"

영원은 질문이 너무 많아서 내가 아무리 경계하려 해도 자꾸만 절제 없이 떠들게 만들었다. 글은 자신 없었지만 그림은 졸업 전시도 했었고, 보여줄 만한 게 몇 개 있어서 나는 스마트폰 갤러리를 터치해 스크롤을 내렸다. 우리는 육교 한가운데 서서 나의 그림을 구경했다. 점점 하늘이 컴컴해지는데도, 차도의 경적이 머리를 울리는데도.

영원은 내가 프레임 한가득 그려놓은 유리잔과 유리병, 유리등과 유리 조각 들을 찬찬히 보더니 그림도 이렇게 꽉 채워 그리는구나 하면서 웃었다. 나는 스마트폰을 다시 주머니에 집어넣으며 말했다.

"유리에 빛이 닿아서 여러 방향으로 흩어지는 순간과 그때의 수많은 색을 묘사하는 게 재미있어요."

일전에 인상주의를 비웃고 이제 와 빛이 시시각각 달라지는 것을 좋아한다고 말하는 게 부끄러웠지만 영원은 그다지 신경쓰지 않는 듯했다. 자기는 비슷한 이유로 물 위의 빛을 좋아한다고 했다.

"아, 윤슬이요?"

윤슬이 뭔지 몰라 갸웃거리는 영원에게 나는 방금 당신이 말한 게 윤슬이라고 말해주었다. 영원은 마치 나의 메아리처럼 윤슬을 여러 번 발음해보며 육교 계단을 내려갔다.

우리는 그날 함께 칵테일 바에 갔다. 영원이 일을 잘 가르쳐줘서 고맙다며 한잔 사겠다고 제안했고, 별로 거절하고 싶지 않았다. 그는 어린이 놀이기구에서 한바탕 힘을 빼고 배가 고팠는지 안주도 잔뜩 시켰다.

영원은 감자튀김을 입에 닥치는 대로 집어넣으며 내게 반말하길 권했다. 점점 영원이 내게 깊은 인간적 관심이 있다고 믿고 싶어졌다. 우리는 마티니와 맨해튼을 한 잔씩 앞에 두고 계속 우리만의 이상한 인터뷰를 이어갔다.

미술은 언제 시작했어요, 어떻게 시작했어요, 어쩌다 유리의 빛을 발견했어요, 전시 같은 건 안 해요? 나를 파고드는 질문들이 테이블 위로 퍼부어졌다. 나는 생각을 가다듬다가 미술 얘기를 하려면 주희와 주희 엄마 이야기를 해야 하고, 그들의 이야기를 하려면 시간을 거슬러 오래전의 기억을 뒤적여야 한다는 사실을 의식하고 눈알만 굴렸다. 영원은 손등에 턱을 괸 채 조용해진 나를 바라봤다. 그는 내가 궁금하다고 중얼댔다.

왜인지 그 순간 머릿속의 퓨즈가 작동해 과한 사고를 끊어냈다. 나는 멎어버리는 기분을 맞닥뜨리면서, 여태 질문받기만 하고 질문하지 않은 것, 영원이 내게 뭔가를 물어봐주기만을 기다린 것, 괜찮은 답을 뱉는 데만 전념한 것을 연달아 깨달았다. 내 이야기를 꺼내기 싫어서 수동적으로 임했는데, 정작 내 이야기만 했다는 게 이상했다.

나도 영원에게 질문하고 싶었다. 면접을 보듯이, 문제를 풀듯이 물음에 답하게 만들고 싶었다. 그러나 좋아하는 것과 싫어하는 것을 묻고 싶지는 않았다. 그런 걸 안다고 내가 그를 잘 파악할 수 있을 것 같지 않았으니까. 그때 영원이 내 어수선한 마음을 살살 건드렸다.

"얘기하기 싫으면 안 해도 돼요. 나도 항상 음악이 재밌는 건 아니라서요."

"그래?"

"어떻게 항상 재밌겠어요?"

"네 얘기를 듣고 싶어. 이제 내가 질문할래."

내 질문들은 영원의 것과 아주 달랐다. 물건 훔쳐본 적 있어? 친구를 질투한 적 있어? 여자가 되고 싶다고 생각한 적 있어? 외계인이 있다고 믿어? 너와 가장 닮은 악기는 뭐라고 생각해? 영원은 이런 걸 왜 묻는지 모르겠다는 듯 찡그렸지만, 이내 입꼬리를 이리저리 움직이며 꽤 착실하게 고민했다.

영원은 칵테일을 마시며 자신의 기억과 상념과 신조를 털어놓았다.

"직접 물건을 훔쳐본 적은 없어요. 근데 물건 훔친 애를 숨겨준 적이 있어요. 시카고에 있을 때. 학교에서 몇 번 본 적 있는 애가 도망가는 걸 봤는데, 경비원이 막 쫓아가다가 개

지나간 거 못 봤냐고 물어봤단 말이에요? 못 봤다고 했어요. 결국 경찰한테 잡히긴 했는데."

"왜 못 봤다고 했어?"

"걔는 고작 먹을 거 훔쳤는데 경비원은 걜 죽일 것 같은 느낌이었거든요. 나도 모르게 그냥 이쪽으로 안 지나간 것 같다고 해버렸어요."

"공범이 되어버렸네."

"그런 거예요? 질투는, 기타를 천재적으로 잘 치는 친구를 질투한 적 있어요. 어떻게 질투 안 해요? 그래도 걔 따라잡으려고 밤새워 연습한 날들 생각하면 그게 나쁜 감정은 아니었던 것 같아요."

"괴롭힌 적은 없었어?"

"연습실 양보 안 해준 적은 있죠. 근데 그게 괴롭힌 건 아니잖아요."

"절대 아니지."

"여자가 되고 싶단 생각 한 적은 없는 것 같아요. 이건 왜 묻는 거예요?"

"그냥. 궁금해서."

"어떻게 생각할지 모르겠는데 고등학생 때 어떤 남자애 좋아한 적은 있어요. 너무 과한 정보였나?"

"응, 조금."

"아무튼. 외계인은 당연히 있다고 생각해요. 외계인이 왜 없어요? 우주에 우리밖에 없을 확률보다 뭔가 더 있을 확률이 더 높지 않나? 나는 사실 몇천 년 전에 지구에 살았던 사람들도 외계인이라고 생각해요."

"왜? 그건 명백하게 지구인들이잖아."

"시간이 빨대 같다고 생각한 적 있어요. 이어져 있지만 위와 아래가 서로 다른 세계인 거죠. 어디가 위인지 아래인지도 모르고."

"그렇다면 나도 비슷하게 생각해. 그래서 외계인을 못 만나는 거겠지."

"오, 거기까진 생각 안 해봤는데."

"그럼 신은 있다고 생각해?"

"신은 있었는데, 인간들을 떠난 것 같아요. 인간이 신을 버린 걸 수도 있고요."

"신은 영원하잖아?"

"영원한 건 가치가 없으니까요. 뭔가가 항상 그 자리에 있을 걸 알면 누가 원하겠어요?"

"그 말 웃기다. 그럼 네 이름이 영원인 건 무슨 뜻이야?"

"영원한 건 가치가 없지만, 영원을 갈망하는 마음이 가치를 만드는 거죠."

"어쭈, 명언이다."

"아빠가 자주 하는 말이에요. 마지막 질문이 뭐였죠? 아, 나랑 가장 닮은 악기. 나랑 가장 닮은 악기? 모르겠어요. 내가 어떤 악기를 닮았다고 생각해본 적이 아예 없어서요."

"넌 목소리를 닮았어."

내가 검지를 들어 그를 가리키며 말했다. 영원은 잔을 홀짝거리며 무슨 뜻인지 물었다. 무의식의 벽 너머에서 튀어나온 말이라 골똘히 생각해봐도 설명할 수 없었다. 그냥 지금 이 순간 떠오른 감상이었다고 했더니 영원은 어이없다는 듯 미간을 구겼다. 우리는 바에서 각각 두 잔씩 더 마시고 밤늦게 헤어졌다.

3

　나와 주희는 몰래 길에서 자두를 사 먹은 적이 있다. 체중 조절 때문에 아무거나 사 먹을 수 없는 주희를 위해 내가 두 개를 사서 한 개를 건넸다. 주희는 그 자리에서 곧바로 깨물어 먹다가 다 먹으면 안 될 것 같다면서 멈추었다.

　"왜, 네가 제일 좋아하는 과일이라며."

　주희는 머쓱한 표정으로 나를 바라봤다. 나는 손을 뻗어 반쯤 남은 자두를 뺏어 와 대신 씹어먹고 씨를 호숫가에 버렸다.

　"저기서 자두나무 자라면 어떡하게?"

　"무슨 바보 같은 소리야? 초등학생이냐? 안 자랄걸."

　내 퉁명스러운 반박에도 주희는 뭐라 하지 않았다. 갑자기 소리가 나지 않을 정도로 가볍게 발걸음을 내딛더니 딴소리를 했다.

"넌 좋겠다."

"내가 왜 좋아?"

주희는 내 답을 듣자마자 눈썹을 힘껏 들어올려 눈을 동그랗게 뜨더니 멀뚱거리는 나를 두고 멀리 걸어갔다. 아무리 불러도 속력을 낮추지 않았다. 오늘은 몸을 구부리는 연습을 해야 한다고만 했다. 바짝 따라붙지 않으면 잃어버릴 것 같아서 나는 널찍한 보폭으로 뛰며 구부리는 것도 연습을 해야 하냐고 물었다. 주희는 복수하듯 잔뜩 짜증을 내며 답했다.

"무슨 바보 같은 소리야? 당연하지."

우리는 시가지를 벗어나 들판으로 향했다. 주희의 플리에를 지켜보다가 지나가는 승용차를 구경하다가 멀리 아른거리는 주차장 불빛을 쳐다보다가 자두가 든 봉투를 땅에 놔두고 주희 옆에 서서 똑같이 무릎을 구부렸다. 수십 분 동안 우리는 신체를 굽히고 펴면서 표현을 공부했다. 주희의 허리와 허벅지와 종아리에는 길게 테이핑이 되어 있었는데, 그 애가 도약을 연습할 때마다 테이프도 팽팽하게 늘어났다. 주희는 두 손으로 내 무릎과 발목을 만지며 자세를 고쳐주고, 뻣뻣하다고 지적하며 혼자 숨넘어가게 웃었다.

뒷걸음질치던 주희가 자두 봉투를 밟고 놀라 팔을 휘저으며 호들갑을 떨었다. 나는 손을 뻗어 하나 남은 자두를 꺼내 주희에게 내밀었다. 주희는 땀을 뻘뻘 흘리며 또 절반을 먹어 치우고 내게 내밀었다. 그러다 뜬금없이 자두가 심장을 닮은 과일이라고 했다.

"뭔 소리야?"

"익을 때는 점점 부푸는데, 시간이 더 지나면 여기저기 푹 꺼져 뭉개지는 게 비슷하지 않아?"

왜인지 주희의 말투가 너무 청승맞아서, 아니 사실은 무슨 말인지 이해할 수 없어서 그 비유에 동의해줄 수 없었다. 오히려 느끼하다고 역정을 냈을 것이다.

"아주 시를 써라, 시를."

어깨를 어깨로 밀었던 것도 같다. 틀림없이 눈을 피하고, 일부러 다른 얘기를 꺼냈을 것이다. 남은 자두를 먹고 씨를 또 아무데나 버렸을 것이다.

*

나와 영원은 종종 식당이나 술집, 번화가나 한강에서 만나 인터뷰를 쉼 없이 이어갔다. 세상에 우리 둘만 한 쌍으로 붙어 있고, 나머지는 모조리 경계 밖에 존재하는 것처럼 서로에게만 깊게, 순수하게 돌진했다.

나는 완벽한 질문을 하고 싶어서 안달이 나 있었다. 뭔가를 물어놓고 마음에 안 들면 곧바로 물리고, 단어도 몇 번이나 바꾸어 말했다. 글을 지우고 다시 쓰듯이.

그럼에도 영원은 매번 처음 듣는 것처럼 거의 똑같은 답을 기계처럼 반복해주었다. 오직 나만을 위해 모든 순간을 몇 번씩 되감아주었다. 그때마다 다른 테이블에 앉아 있는 사람들, 지나가는 사람들, 근처를 서성거리던 사람들이 경계 안의 우리를 힐끔거렸다. 그중 누군가가 "연기하나?" 하고 중얼거리는 것을 들었는데, 대사 연습을 한다고 생각한 모양이었다.

남들이 어떻게 보든, 나는 그 가짜 같은 말들이 좋았다. 머뭇거림마저 정해진 대본의 일부 같은데도 이상하게 내가 나눠본 대화 중 가장 생생하고 솔직했다. 이미 수놓인 미래를 전혀 거스르지 않는, 운명 같은 정갈한 통사와 자연스러운 쉼, 그리고 열정적인 톤이 나와 영원 사이를 바느질하는 것 같았다.

나는 계속 그의 경험이나 가치관을 물어봤다. 한국 생활에서 느끼는 편불편은 무엇인지, 함께하기 가장 힘들었던 동료는 누구인지, 학교에서 배운 지식 중 가장 기억에 남는 건 어떤 것인지.

영원은 한강 공원에서 샌드위치를 먹으며 답해주었다. 복잡하게 발달한 서울의 대중교통과 비난만 하고 장점은 절대 언급하지 않던 전 밴드의 베이시스트, 원소 주기율표에서 가장 외우기 쉬웠던 원소 다섯 개 정도를 주절주절 얘기해주었다. 가방에서 꺼낸 이면지를 풀밭에 올려두고 깔고 앉은 채 우리는 여유를 즐겼다. 피부 위에 내린 햇빛이 온몸에 스며 발끝에 쌓이는 것 같았다.

강의 남쪽에서 북쪽까지 대각선으로 횡단하는 수상 택시를 눈으로 좇던 영원이 카드뮴은 Cd라고, 그것도 기억난다고 말하며 웃었다. 눈부신 역광이 그의 얼굴을 지워버렸지만 나는 그의 표정을 세세하게 상상했다. 장난감 낚싯대에 걸린 모형 금붕어를 보는 고양이 같은 눈, 그 또렷한 눈에 새하얀 윤슬이 반사되고 있었다.

"그렇구나. 그럼, 친구들이 너를 묘사할 때 어떤 사람이길 원해?"

영원은 곁에 없으면 그리운 사람으로 묘사되고 싶다고 했다.

"영원히 있을 것 같은 사람 있잖아요."

나는 그 순간 영원의 아버지가 자주 얘기했던 영원함의 모순적인 가치를 이해했다. 시간이 아무리 지나도 그 자리에 그대로 있는 것들이 절대로 낳을 수 없는 게 그리움이라는 것을.

　사람들이 다 자기 이름대로 살진 않을 테지만, 나는 영원이 정말 그리움을 망토처럼 뒤집어쓴 사람으로 살길 기도했다. 그러면 나도 언젠가는 정말 부모님이 원하는 대로 환하게 빛나는 태양의 삶을 얻을 것 같아서, 나를 위해서 그를 위한 소원을 품기로 했다.

　우리는 가끔 기분이 내키면 각자의 전공에 대해 이야기하기도 했다. 그림 얘기를 하려고 서점 근처에 있는 갤러리에 들렀을 때, 영원은 내게 화가가 되고 싶은지 물었다. 나는 흰 벽에 걸린 연인 그림을 감상하는 척하며 의도적으로 그 물음을 무시했다. 무언가가 되고 싶은 마음은 언제부턴가 창피한 것이 되어 있었다.

　음악 얘기를 하려고 카드뮴 그린의 연습실에 가기도 했다. '합주실 3'이라는 팻말이 붙어 있는 문으로 들어가자마자 각종 앰프, 드럼, 기타, 키보드, 스탠딩 마이크가 서 있는 공간이 나타났다. 몰래 잠입한 기분을 지우지 못한 나는 멀뚱히 구석에 서 있기만 했는데, 영원은 내가 읽지도 못하는 악보들을 구경시켜주고 악기들의 소리를 잠깐씩 들려주며 긴장하지 않아도 된다고 말했다. 그는 다소 느끼하게 웃으며 소녀시대의

'다시 만난 세계'를 어쿠스틱 기타로 짧게 연주해주었고, 나는 가만히 음계를 따라 흥얼거리다가 바닥에 자리를 잡고 앉았다.

영원은 손가락을 기타줄에서 잠시 떼어내 획획 털더니 조용히 히사이시 조의 '어느 여름날'을 연주했다. 나의 무의식을 이따금 후벼파고 지나가는 노래들이 그의 손에서 간결하게 피어오르고 허공으로 흩어졌다.

그제야 나는 미대에 입학하고 한동안은 화가가 되고 싶었다고 고백했다. 그래서 이런저런 작업과 활동을 시도해봤지만 별로 주목받지 못했고, 끈기가 없어 꾸준히 하지도 못했다고 밝혔다. 4학년이 되었을 땐 민영처럼 각자의 꿈을 향해 뚜벅뚜벅 걸어가는 동기들과 말도 섞기 싫어졌고, 그림보다는 글쓰기에 훨씬 관심이 기울어서 그림에 소홀했다고도 말했다.

"갑자기? 갑자기는 아닌가. 예술하면 다 글을 쓰고 싶어하니까요. 할말이 있는데 꼭 어떻게든 표현해야 하는 사람들의 팔자죠."

"팔자가 뭔지는 알아?"

"음, 인생의 흐름? 맥락으로 배운 단어예요."

"뭐, 비슷해."

합주실에 나와 영원의 목소리가 노래처럼 이어졌다. 누가 들어도 다른 사람의 목소리지만 가끔 내게는 한 사람이 말하고 있는 것처럼 느껴졌다. 나와 영원의 대화는 생각들이 겹치고 해체되는 것과 비슷한 모양새였다.

"글 얘기 자세하게 해봐요."

나는 별로 진심도 아니고 신랄한 비판도 아니면서 뭐라도 된 것처럼 미대 애들 욕을 나열하기 시작했다. 영원은 당황한 기색 없이 경청했다. 그는 정말로 나를 위해 하늘에서 떨어진 사람 같았다.

"미대 애들은 난 그림 그리는 게 좋아! 하는 애들이랑 미대 오지 마세요, 공대 가세요, 예술하지 말고 개발하세요 하는 애들로 이루어져 있어. 그래도 둘 다 뚜렷하게 어떤 결정을 하니까, 이도 저도 아닌 나 같은 애보단 낫지. 예술이 너무 좋은 것도 아니고, '디자인? 너무 어려운데. 그리는 게 제일 편한데. 그렇다고 내가 특출나게 잘하는 건 아니고' 하면서 아무것도 안 하고 떠돌고 맴도는 나 같은 사람이 제일 문제야."

"그게 그렇게 문제예요?"

"서른이 넘어서도 이러고 있으면 문제지, 당연히."

"글은 그전부터 쓰고 싶어했잖아요?"

"답답하니까. 뭐라도 해보고 싶었나봐."

영원은 쉽사리 뭔가를 논하지 못했다. 그는 그저 내가 수능을 세 번이나 치러가며 굳이 미대에 진학한 것 치고 너무 쉽게 꿈을 접은 것이 아닌지 넌지시 물었다. 왜 그 고생을 했는지 일시적으로 기억이 나지 않아서 조용히 있었는데 영원은 합주실 구석에 쌓인 우편과 서류를 아무렇게나 들고 펼치더니 천천히 읽어 내려갔다. 손가락으로 행을 짚고 또 짚어 한 줄 한 줄 읽다가 '귀하'가 뭐냐고 내게 물었다. 듣는 사람을 높여 부르는 말이라고 하자 귀하는 어떻게 생각하시죠? 같은 말을 했다.

"내가 보기에 귀하는 예술을 엄청 좋아하는 것 같아서요."

"그래?"

벽에 머리를 기댄 채 고민하던 나는 네 말이 옳다고 동의해버렸다. 나는 나보다 한참 어린 영원을 앞에 두고 그림에 다시 도전해볼까 하는 마음이 들어도, 이미 너무 늦은 것 같다고 무슨 고등학교 2학년처럼 투덜거렸다. 영원은 뭐가 늦었냐고, 살아 있기만 하면 다 할 수 있다고 말했다.

"죽지만 않으면 뭐든 될 수 있어요."

죽음. 나는 주희에 대해 생각했다. 돌이킬 수 없는 생각의 연속곡선이 머릿속을 헤집었다. 귀하는 포기하지 마세요 같은 소리를 육성으로 듣는데도 별로 웃을 수 없었다.

멍하니 고개를 끄덕이고 있을 때, 문이 열리는 소리가 들렸다. 밴드 멤버들이 합주실에 우르르 들어왔다. 나는 자리에서 일어나 가보겠다고 말했다. 프론트맨 정효와 드러머 세환, 키보디스트 지민의 어색한 시선이 일제히 내게 꽂혔다. 그들은 어리둥절한 표정으로 살짝 등을 굽혀 인사했다. 걔들이 직원이세요? 하고 묻는데도 답하지 않고 얼른 문을 닫았다. 문틈새로 누군가 욕을 뱉는 소리가 들렸지만 외면한 채 앞만 보고 걸었다. 나는 곧장 집으로 돌아가 긴장이 녹아 사라질 때까지 가쁜 숨을 몰아쉬며 침대에 누웠다.

멍하니 창밖을 내다보며 해가 떨어지는 것을 지켜보았다. 유리창에 성기게 떨어지는 빗방울 소리를 들으며 아무 짓도 하지 않다가 밤이 되자마자 포기하지 말라던 영원의 말을 떠올리고 폭주하듯 연필을 들었다.

뭘 그려야 할지 몰라서 영원이 연주하는 모습을 스케치했다. 자의로 사람을 그려본 적이 거의 없으니 신체 비율이나 자세가 엉망이었다. 기타줄이 몇 개인지도 모르는데 기타 치는 사람을 인상과 기억에만 의존하여 그리려니 당연히 제대로 그릴 수 없었다. 수정할 의지도 생기지 않을 만큼 불만족스러웠고, 밤새 아무것도 완성하지 못해서인지 실망과 꺼림칙함과 역정 때문에 관자놀이의 맥박이 펄펄 뛰었다.

내내 뒤척이다가 눈두덩을 긁으며 유튜브에 접속했다. 나는 검색창을 터치하고 깜빡거리는 커서를 응시하다가 '카드뮴 그린'을 검색했다. 공연을 처음 봤던 날부터 궁금했지만, 그들을 가까이서 보고 나서야 온갖 정보를 마주할 용기가 생겼다.

영원의 밴드는 점점 유명해지는 추세였다. 정효와 영원이 직접 쓴 곡들이 음원 차트에 들기도 했고, 영상 조회수도 상당했다. 정효의 개인 채널은 구독자가 많아서 광고를 여럿 봐야 겨우 재생할 수 있었다. 네 사람은 공중파 방송에도 나오고 규모 있는 지방 록 페스티벌에도 초대받는 아티스트였다.

그들의 영상을 하나도 빠짐없이 모두 틀었다. 댓글도 거의 다 읽었다. 정효는 선량하고 듬직한 이미지였고, 세환은 시크하고 염세적인 성격을 드러내 팬도 많고 안티팬도 많았다. 지민은 유머러스한 발언으로 자주 화제가 되었고, 영원은 차분한 겉모습과 대비되는 허술하고 상냥한 말투로 주목받는 것 같았다.

정효가 힘들었던 시절에 관해 이야기하는 영상이 있었다. 그는 원래 오 인조였던 '카드뮴 그린'이 한 멤버의 범죄로 와해되었던 사연을 말하며 눈물을 흘렸다. 정효는 멤버들에게 휴식기를 가지자고 제안했고, 그 기간에 한 명이 또 사고를

쳐서 셋만 남은 상황이었는데 시카고에 여행을 갔다가 다양한 음악가들을 만나 치유할 수 있었다고 말했다.

"거기서 어떤 버스킹 무리를 우연히 만났어요. 거기 영원이가 있었는데 한국어를 할 줄 아는 거예요. 그래서 저도 음악한다고, 노래도 하고 기타도 친다고 했더니 즉흥 연주를 하게됐어요. 솔직히 잘 맞지는 않았는데, 그런데도 뭐랄까. 계속같이하고 싶었어요."

그는 영원에게 함께 음악하자고 조르고 졸라서 한국에 모셔 왔다고 말했다. 거짓말 같지는 않았지만 과장하는 느낌이있었다. 내 문제일지도 몰랐다. 내가 남의 아픔에 공감하지못하고 평가만 하는 못된 사람이라 근거 없이 그렇게 느끼는것 같기도 했다.

화면 속 영원은 세환과 지민에게 장난인지 진심인지 구분할 수 없는 공격을 빈번히 받았다. 그때마다 정효가 지도력을발휘하며 영원을 구해주는 역할처럼 보였다. 정효는 매번 '영원이 괴롭히지 마. 내가 모셔 온 귀한 사람인데' 하며 킬킬 웃었다. 그러면 세환은 찡그리며 '네, 영원님은 왕자님이시고 저희는 그냥 노예니까요' 하며 빈정거렸고, 지민은 한술 더 떠서 영원이 불편해할 정도로 굽신거렸다.

세환이 물러서는 척하며 끝없이 조소를 날리고, 지민이 애교 떠는 척하며 영원에게 부담을 얹는 장면은 자주 눈에 띄었다. 세환이 영원에게 '정효가 지구 반대편 가서 모셔 온 귀한 손님이 코드를 또 틀리는 일은 없어야 하는데'라고 말하자 옆에서 지민이 '우리 연습실에서 그만 놀아야 할 텐데' 하며 맞장구치는 짧은 영상은 심지어 두 가지 버전으로 올라와 있었는데, 하나는 제목이 '카그린 세환 기 싸움 레전드'였고, 다른하나는 '김영원 실력 논란'이었다. 나는 이 영상들을 쉽게 받아들일 수 없었다. 영원은 내게 멤버들에 관한 이야기는 일절하지 않았다. 내가 궁금한 것은 영원의 서사였는데, 그것은 유튜브에서 찾아내기 힘들었다.

며칠 뒤 또 한번 영원을 만났는데, 그는 나를 데리고 지상낙원의 대기실로 향했다. 좁지만 안락한 공간이라 그곳에서계속 노닥거릴 줄 알고 나는 소파에 앉아 거울을 보며 머리를넘겼다. 그런데 영원은 잠시 들른 것뿐이라며 나를 일으키고소파 위에 널브러진 물건들을 빠르게 정리한 뒤 근처 카페에가자며 대기실을 빠져나갔다. 공용 공간에 외부인을 데려오지 않기로 멤버들과 약속했다고 해서 나는 고개만 끄덕였는데, 지상낙원에서 몇 걸음 멀어졌을 때 세환이 누군가의 손을잡고 대기실 뒷문을 열고 있어서 의아했다. 세환은 나와 눈이마주치자마자 소리를 질렀다.

"아오, 씨. 그만 좀 와!"

*

봄에는 지긋지긋한 학교로 돌아갔다. 논문을 써야 해서 슬슬 도서관에 처박혀 살게 되었고, 영원을 만나는 날이 자연스레 줄었다. 해가 길어지는데도 피곤과 무기력과 외로움이 사라지지 않았다. 뇌가 온통 녹슬어버린 것 같았다.

나는 거의 매일 늦게까지 열람실에 남았지만 논문 대신 짧은 글을 끄적거리곤 했다. 답답하다, 갑갑하다, 뱉다, 터뜨리다, 뻗어나가다 같은 단어들이 구슬처럼 꿰인 단문 속에서 나의 욕구를 쉽게 알아볼 수 있었으나 해소할 방법은 좀처럼 찾지 못했다. 그래도 실컷 딴짓하다보면 묘한 안도감에 취할 수 있었다. 얼마나 졸리고 쓸쓸하든 이 모든 감정이 너무 익숙해서, 앞으로도 영영 이렇게 살 거라고 계시를 받는 것 같았다.

밤 공연을 마친 영원과 충동적으로 약속을 잡아 간이주점에 간 날, 나는 줄곧 내 몸을 뚫고 나가려 하던, 그러다 여기저기 부딪혀 으깨진 욕구의 정체가 영원에 대한 나의 진부한 열망이었음을 깨달았다.

혼자 보내는 시간을 혐오하면서 타인을 만나는 것도 무서워서 이러지도 저러지도 못하던 내게, 그는 마치 어딘가에서 내 속내를 훔쳐 들은 사람처럼 집 가는 길에 잠깐 보자며 문자를 보냈다. 나는 허겁지겁 짐을 가방에 욱여넣고 열람실을 떠났다. 캠퍼스 정문을 빠져나가는 동안 처음 미팅하는 신입생이 된 기분이 들어 수치스러웠지만, 어리바리하게 후문에서 기다리고 있던 영원을 발견하자마자 다른 생각은 모두 휘발되어 사라졌다. 그 막무가내의 설렘을 허락해도 좋을 것 같았다.

우리는 가로등 아래 서서 반갑게 인사했다. 공연 때문인지 달려온 건지 땀에 흠뻑 젖은 영원은 반소매 티셔츠의 소매를 돌돌 걷어 입고 손에 남방셔츠를 쥐고 있었다. 윤기가 흐르는 팔을 들어 손등으로 턱을 닦는 영원을 보자마자 형용하기 힘든 감정이 내 녹슬어 있던 마음을 덮쳤다.

나는 영원이 내 쪽으로 다가오는 것을 지켜보며 그가 무슨 말을 할지 추측했고, 손을 흔들며 웃기만 하는 그를 보자마자 좌절했다. 잘 지냈냐고 묻거나 오랜만이라며 실실거릴 줄 알았는데, 그는 대뜸 "땀을 많이 흘려서……" 하고 중얼댔다.

아마 여태 나는 버릇처럼 그의 화법과 목소리를 머릿속으로 수없이 재현하면서 그가 내게 늘어놓을 말을 상상했을 것이다. 듣고 싶은 말만 해주는 그를 파악했다고 오만하게 굴다가 적중하지 못하면 통제를 잃은 것처럼 당황했을 것이다. 너를 제대로 흉내내지 못하는 게 왜 아쉬울까? 내가 사랑에 빠지는 방식은 모사구나. 그러니까, 난 너를 좋아하다못해 네가 되고 싶다고 내내 도서관에서 혼잣말을 하고 있었던 것이다.

우리는 주점에서 테이블을 하나 차지할 때까지 별말 없이 침묵을 지켰다. 자리에 앉아서는 서로의 근황만 이야기했다. 요즘 뭘 하는지, 힘든 일은 없는지. 나는 아무것도 들키지 않기 위해 최대한 시원시원하게 말하려 했고, 영원은 멍하니 입술을 긁었다. 타지 생활, 밴드 활동을 돌이켜보며 적당한 말을 고르는 것 같았다.

"힘든 건 없어요."

너무 단호해서 거짓말 같았지만 나는 더 캐묻지 않았다. 내가 고개를 끄덕이고 다행이라고 말하면 영원은 자신이 대놓고 티 내지 않아도 알아달라고 보채기라도 하듯 뒤늦게 물꼬를 텄다. 밴드 내에서 살짝 안 맞는 부분은 있다, 뭐 이런 말을 하면서.

"뭐가 안 맞아?"

"문화 차이 같아요."

"그럴 수 있지. 군대 용어 같은 거 못 알아듣고, 다 아는 영화나 노래 너만 모르고, 네가 그 애들에 비해 너무 자유분방

하고, 뭐 그런 거 아냐?"

영원은 눈을 크게 뜨며 어떻게 아냐고 소리쳤다. 놀라운 수준의 통찰은 아니었는데도 영원은 자기 뇌랑 대화하는 것 같다고 흥분해서 말했다.

"내 대사가 누나 입에서 나왔어요."

"뻔하지 뭐."

일부러 냉철한 목소리를 내려고 했는데, 영원은 하나도 뻔하지 않다고 말하며 웃었다. 그는 눈을 굴리며 허공을 한참 보다가 음악적인 부분에 대해서도 얘기했다.

"다 다른 노래를 연주하고 있는데 서로 모르는 척하는 느낌도 있어요. 타이밍이나 박자를 틀리는 건 아니에요. 그냥 느낌이요. 무슨 말인지 알아요?"

"치명적인 거 아니야?"

밴드는 하나의 곡으로 호흡을 맞춰가며 조화를 만드는 모임인데, 영원의 증언에 따르면 '카드뮴 그린'은 무너지고 있는 것이나 다름없었다. 그는 내 카디건 소매에 난 성근 구멍 무늬를 손가락으로 쿡쿡 눌러보더니 약간 거슬리긴 하는데 심각한 건 아니라고 했다.

금방 나아질 거라고 믿는 사람치고 영원은 계속 잔을 집었다. 소주를 입에 털어넣는 그에게 맛있는 베이커리 몽블랑 파이 노래는 어떻게 됐냐고 물었다. 그는 싱겁게 웃었다.

"손도 못 댔어요. 하지만 조만간 꼭 완성할 거예요."

그날 우리는 주점이 닫을 때까지 수다를 떨었다. 나는 고의로 삐죽거리고, 영원은 애쓴 티가 나는 웃음으로 분위기를 풀었다.

영원이 조만간이라고 한 걸 믿지는 않았지만 괜한 기대감이 있었는데, 몇 주가 지나도 그 노래의 행방을 알 수 없었다. 영원의 밴드는 대형 에이전시와 계약해 전보다 바쁜 일정을 소화하게 되었고, 더는 인디 밴드가 아니었다. 그는 콘셉트 포토나 뮤직비디오 촬영 등 마케팅 때문에 곁다리로 해야 할 일이 많아져서 개인 작업을 할 시간이 많이 없다고 찡찡댔다. 당연히 서점 일은 넉 달을 겨우 채우고 그만두었다. 지상낙원에서의 정기 공연도 쥐도 새도 모르게 증발했다.

영원의 소식은 전화나 문자, 연예계 기사 또는 정효의 유튜브 채널을 통해 접할 수 있었다. 정효가 영원의 음악 작업을 주제로 인터뷰하는 십 분짜리 영상이 올라와서 과제를 하다 말고 시청했는데, 영원은 누가 써준 것을 외워서 말하는 것처럼 보였다.

"영원 씨는 언제 가장 행복하세요?"

"공연할 때 가장 신나죠. 관객분들이 즐거워할 때."

"조율을 되게 열심히 하시잖아요. 톤에 집착하는 편인가요?"

"다들 열심히 하잖아요. 대부분의 연주자가 집착한다고 생각합니다. 좋은 연주를 하려면 어쩔 수 없지 않을까요?"

"언제 처음 기타를 배웠어요?"

"초등학교 4학년 때 교회에서 클래식 기타를 처음 만져봤습니다. 미국에서 한인 교회에 다녔는데, 전도사님이 주말마다 가르쳐주셨어요. 이 년 정도 지나고 학원에 갔는데, 학원에서 만난 형들이 좋은 음악을 많이 알려줬어요."

"밴드는 어떻게 시작했어요?"

"계속 음악을 하다보니까 자연스럽게 사람들을 만났죠."

"앞으로 어떤 아티스트가 되고 싶어요?"

"허세 안 부리고, 좋은 노래 만들고, 연주 잘하는."

"지금도 기가 막히게 잘하시는데요? 마지막으로, 정효에게 하고 싶은 말은?"

자신의 이름을 삼인칭으로 부르며 눈웃음을 짓는 정효와 어색하게 웃다가 앞으로도 잘 부탁한다고 답하는 영원. 주점에서 소주를 두어 병 비우던 영원의 모습이 그 위로 스미듯 겹쳤다. 나는 정효의 영상이 가식덩어리라고 치부했다. 그렇다고 영원에게 너 정말 괜찮아? 아무 일 없는 거 맞아? 하고 먼저 연락해 챙기지도 않았다.

그의 고통을 자세히 알고 싶지 않았다. 내가 그의 슬픔을 함부로 깎아내리고, 공감할 수 없을 것 같았다. 내가 다른 사람은 몰라도 그 애보다는 불행하다고 믿었다. 영원의 고민은 작업이 잘 안 풀린다, 멤버들과 가끔 싸운다 수준에 그칠 것이고, 그건 아무것도 되지 못하고 어떤 집단에도 섞이지 못하고 틈만 나면 도망치고 길바닥에서 울어버리는 나의 슬픔에 비하면 아주 사치스러운 축에 속한다고 생각했다.

영원이 내게 밴드와의 문제를 조금 더 구체적으로 설명한 건 날씨가 점점 더워지던 환후기의 한가운데였다. '카드뮴 그린'이 대형 소속사와 유통업체를 통해 새 음반을 발매하고 얼마 지나지 않아 영원은 계단에서 굴러 손을 크게 다쳤고, '카드뮴 그린'은 객원 기타리스트와 함께 국내 투어를 돌았다.

손등 뼈에 금이 가서 오른손에 깁스를 한 영원은 매일 하던 연주도 쉬어야 했고, 공연도 다니지 못했고, 다른 일도 하지 못했다. 그렇다고 놀지도 못했다. 가족이 먼 곳에 있으니 아픈 그를 돌봐줄 사람도 없었다. 밥도 제대로 못 먹고 혼자 씻기도 어려워할 게 분명해서 나는 영원을 집으로 초대했다.

"어쩌다 계단에서 굴렀어? 어디서 구른 거야?"

손만 다친 게 아니라 얼굴에도 멍이 있었다. 나는 그 엉망

진창이 된 모습을 보자마자 깜짝 놀라 기이한 고음을 냈다. 턱에 난 상처가 부어 있어서 다가가 자세히 살펴보았는데, 영원은 공연 끝나고 술을 많이 마셨다가 발을 헛디딘 것 같다고, 잘 기억도 안 난다고 말했다.

"술은 또 왜 그렇게 퍼부었어?"

"신났었나봐요."

가구와 장식이 가득한 내 집으로 향하는 동안, 영원은 길에 있는 식품 잡화점에서 자두 한 바구니를 샀다. 몇 개 들어 있지도 않은데 아무렇지 않게 주머니에서 만원 지폐를 꺼내 내밀고 왼손으로 봉지를 받았다.

"너 지금 바가지 쓴 거야."

영원은 배가 너무 고프다고 했다. 자기가 제일 좋아하는 과일이 자두라고도 했다. 그 자두가 십만원이었어도 샀을 기세였다. 나는 자두 더미를 뚫어져라 보다가 앞장서서 걸었다. 그가 내게 봉지를 내밀며 권했지만 거절했다.

영원은 자두 하나를 씹어먹다가 내가 사는 빌라 근처에 다다랐을 때 쓰레기통에 씨를 던져넣었다. 휴지를 건네자 야무지게 손을 닦았고, 함께 승강기에 올라탔다. 그는 거울을 통해 나를 보다가 눈이 마주치자 입을 열었다.

"가장 싫어하는 과일이 뭐예요?"

"또 시작이네."

우리가 만나기만 하면 늘 하던 인터뷰가 다시 시작되고 있었다. 나는 한숨을 쉬다가 자두라고 말했다. 그는 눈을 동그랗게 뜨고 알레르기라도 있냐고 되물었고, 나는 고개를 저었다. 주희와 들판에서 플리에를 연습하던 날이 바람처럼 가슴속을 훑고 지나갔다.

"심장을 닮아서 꺼림칙해."

내가 현관문을 여는 동안 영원은 엥? 하며 내 뒤에 서서 자두를 하나 높이 들었다. 그는 계단 창으로 쏟아지는 빛에 자두를 대보았다. 원석을 관찰하듯 진지한 눈을 하고서.

"안 들어와?"

꾸물거리던 영원은 말로만 들었던 최대주의자의 집을 둘러보며 감탄했다. 정말로 장식과 물건이 많다면서. 그는 손을 씻으러 들어간 화장실에서 선반에 놓인 작은 통들을 보고 움직임을 멈추었다. 영원은 누나도 정신병자구나, 하며 달가워했다. 자기도 이 약들을 안다고 했다. 나는 원치 않는 유대감의 침투에 당황했다.

병을 주제로 대화하고 싶지 않았다. 나와 그는 그의 아픈 손 때문에 만난 것이지, 나의 아픈 정신이 화두가 되게끔 둘 수 없었다. 영원은 조용한 나를 보다가 힘겹게 손을 마저 씻었다. 나는 도와주는 것을 잊은 채 흐르는 물을 바라보고만 있었다.

"이 단어가 불편해요?"

그는 젖은 왼손을 어디에 닦아야 하는지 몰라 머뭇거렸다. 나는 마른 수건을 꺼내 그의 손을 닦아주며 답했다.

"보통 욕이니까."

영원이 식탁에 앉아 다치지 않은 손으로 식탁 표면을 두드리다가 노래를 흥얼거렸다. 그는 내가 변명처럼 뱉은 말을 곱씹더니, 그냥 환자라는 말인데 그걸 욕으로 쓰는 게 문제 아니냐고 소심하게 반박했다.

내가 아무런 답도 내놓지 않자 이후 영원은 '정신병'이라는 말을 일절 언급하지 않았다. 내가 수장시켜버린 단어를 굳이 헤집지 않았다. 그를 내버려두고 혼자 요리를 시작하기 적절한 때였다.

내가 도마에 온갖 재료를 썰어가며 김치찌개를 만들고, 밥솥이 요란하게 취사 안내를 하는데도, 영원은 들리지 않는 사람처럼 계속 멜로디를 만들었다. 손을 다쳐도, 밴드가 자길 쏙 빼놓고 전국 공연을 다니는데도, 그렇게 쉽게 대체되었는데도 영원은 낙담에 시간을 오래 할애하지 않았다. 자신의 감정을 낱낱이 얘기하지도 않았다. 그저 스마트폰의 키보드 앱을 둥당거리며 노래를 만들었다. 그렇게 즉석에서 내뱉는 가사는 거의 다 영어였다.

 빈틈 많고 엉성한 초벌의 곡은 내 조그만 방을 온통 슬픔으로 채웠다. 도저히 말로 표현할 줄 모르는 것 같았다. 영원은 감정의 이름을 음악이라는 언어로만 알고 있는 것 같았다. 쪼그라들듯 쉬어버린 목소리로 작업에 매달리는 것, 앱으로 표현할 수 없는 기타 톤을 입으로 흉내내는 것, 가끔 적막 속에서 자두를 빤히 바라보는 것. 나는 무의식적으로 창문을 열었다. 어떤 바람이든 들어와 이곳을 환기해주길 바랐다.

 "넌 음악 안 했으면 뭐 했을 것 같아?"

 일부러 아무거나 물었다. 영원은 깜짝 놀라며 눈을 깜빡거렸다.

 "저 이거밖에 할 줄 몰라요."

 서점에 처음 일을 하러 왔을 때, 옷가게와 기념품 가게에서 일해봐서 자신 있다고 의기양양하게 말했던 영원과는 대비되는 모습이었다. 나는 영원이 다친 손으로 은퇴의 예행연습을 치르고 절박해진 것이라고 생각했다.

 "다른 장래 희망이 아예 없어?"

 "아, 농구를 좋아해서 체육 열심히 해볼까 생각한 적은 있어요. 금방 포기했지만요. 열심히 해야 되잖아요. 연주는 남이 안 시켜도 열심히 할 수 있었는데, 운동은 안 되겠더라고요."

"농구 잘했어?"

"아뇨. 다칠까봐 몸싸움 되게 피하고 그랬어요."

나는 영원의 손을 바라봤다. 그런 조심스러운 겁쟁이가 술 마시고 계단에서 굴렀다는 게 웃기다고 생각했다.

"누나는요?"

영원은 미술이나 글쓰기 말고 또 하고 싶은 게 있었는지 물었다. 나는 어린 시절 무용수가 되고 싶었다고 말하지 않았다. 춤을 좋아했지만 이제 추지 않는다고도 말하지 않았다. 세상에서 가장 부질없는 진실이었다. 고개를 흔들고 요리에 전념했다.

나는 영원에게 김치찌개도 해주고 밥도 새로 해주고 반찬도 잔뜩 꺼내주었다. 다 흘릴까봐 걱정했지만 영원은 양손잡이라서 왼손으로도 잘 먹는다고 했다. 그는 밥그릇과 반찬 그릇을 전부 깔끔하게 해치웠다.

설거지하는 동안 영원은 싱크대 근처에서 계속 서성였다. 요리도, 뒷정리도 내가 하는 것이 미안한 모양이었다. 나는 깁스붕대에 물이 튈까봐 곁눈질로 그의 움직임을 계속 주시했다.

"그냥 저기 가서 쉬고 있어. 약간 거슬려."

영원은 서운한 듯 눈썹을 팔자로 만들었다. 이내 소파 위에 다리를 늘어뜨리고 앉은 영원은 또 습관처럼 음을 흥얼거렸다. 나는 손을 닦고 냉동실에서 아이스크림을 꺼내 그에게 내밀었다. 컵과 스푼을 동시에 들지 못하는 그가 멈칫했고, 나는 옆에 앉아 녹차아이스크림을 한 입씩 떠먹여주었다. 영원은 아기가 된 것 같다고 투덜거렸다.

"아기는 그렇게 쉴 새 없이 노래를 만들지 않아."

"근데 이렇게 해도 건지는 노래는 별로 없어요. 셀카 같은 거예요. 백 장 찍으면 하나 건지는. 그게 한 소절이고, 가장 좋은 것들끼리 합쳐서 진짜 딱 한 곡 나와요."

그러니까 바쁘게 만들어야 한다고 했다. 쉴 땐 쉬어야겠지만, 지금은 아니라고 했다. 정서가 불안하고 울적하면 오히려 좋다고 했다. 영원은 마음이 아프거나 외롭거나 힘들 때가 가장 취하기 좋고, 그때 쓸 만한 가락이 머릿속 깊은 곳에서 튀어나온다고 말했다. 무의식은 꿈이고 꿈은 푹 꺼진 사랑이라고 중얼대면서.

나는 그 말을 듣자마자 비슷한 감각을 알고 있다고 이야기했다. 혼자 있기 싫을 때, 내 안을 맴도는 어떤 덩어리가 자꾸 몸 밖을 튀쳐나가고 싶어하는 게 느껴진다고. 그게 너는 노래의 형태로 결국 발산되나보다 했더니 영원은 박살이요? 했다.

"박살이 아니라 발산."

"발산이 뭐예요?"

나는 두 손을 뭉쳤다가 앞으로 짠 하고 펼치며 퍼져나감을 표현했다.

"누나는 어떻게 발산해요?"

"나는……"

나는 안 해. 속으로만 답하고 모르겠다고 웃어버렸다. 창작은 정말 가성비가 별로라고 불평이나 흘리면서 말을 돌렸다.

"그렇죠. 그래도 뿌듯하지 않아요?"

그는 나를 달래듯 답했다. 벽에 기대어 있는, 완전히 등을 돌린 내 캔버스들을 영원이 턱짓으로 가리켰다. 그런 식으로 우리를 묶는 것이 무서웠다.

나는 너와 다르다고 말하고 싶었다. 나는 그런 식으로 그림을 그리다가 그림과 멀어졌고, 내 슬픔을 미술로 치환하거나 발전시키고 싶지 않다고 똑똑히 말해주고 싶었다. 하지만 굳이 그럴 필요 없다는 체념이 입을 지배했다.

"내가 처음으로 혼자 만든 노래는 내가 너를 느껴, 내가 너를 이해해 이런 노래예요."

영원은 무반주로 그 노래를 불러주었다. 영어로 된 가사를 잠자코 듣다가 '녹다'와 '얼음'이라는 단어가 나와서 무슨 뜻인지 물었다. 너를 느낀다는 말은 무슨 뜻인지, 녹는 것과 어는 것이 이해와 무슨 상관인지 궁금했다.

"네 마음을 녹여서 내 마음에 부어 얼린 것처럼 내가 네 마음을 느낄 수 있다, 너와 함께하겠다 이런 가사예요. 실은 그럴 수 없었는데 말이라도 이렇게 해야 할 것 같아서 썼어요. 위로의 노래예요."

"누굴 위로하는데?"

영원은 입술을 긁으며 뜸들이더니 이야기를 들려주었다. 언젠가 말해주었던 음식 훔치다 도망간 애가 마약 사범으로 오해받아 경찰의 총에 맞고 죽었다는 이야기. 수많은 사람이 인종차별과 과잉 진압에 분노했고, 그 아이의 죽음을 애도했다는 이야기. 그 애가 붙잡힌 공터 앞에 꽃이 무덤처럼 쌓이고 촛불이 며칠 밤을 지켰다는 이야기. 자신이 할 수 있는 것은 음악뿐이었고, 그때부터 음악이 더는 취미에 머물지 않고, 소명의식이 되었다는 이야기.

영원은 자신이 피아노 반주를 맡는 학교 예배 시간마다 그 애가 항상 앞자리에 앉아 노래를 따라 불러서 얼굴을 알고 있었다고 말했다. 이름은 몰라도 별명은 알고, 어느 동네에 사는지도 얼추 알았다고 했다.

영원은 한동안 그 사건에서 벗어나지 못했다. 하교할 때, 거리를 뛰어다닐 때, 노래할 때마다 자꾸만 환시 속에서 그 애의 얼굴을 마주했다. 찬송가가 들리면 소년의 움직이던 입이 떠오르는데 어떤 목소리였는지 도저히 기억나지 않아서 미안했고, 경비원에게 왜 아이를 보호하지 못했냐고 따지며 절규하는 소년의 아버지를 목격한 날부턴 '내가 그날 경비원에게 거짓말하지 않았다면, 그 애는 경비원에게 붙잡혀 사무실로 끌려갔을 테니 경찰의 사격은 피할 수 있지 않았을까?' 하는 가정적 시나리오에 잠식당했다. 내가 처방받은 약의 일부를 영원이 어떻게 알아보았는지는 묻지 않아도 알 수 있었다.

이야기를 듣는 것이 점점 힘들어졌다. 굳어버린 표정을 어떻게든 보여주지 않기 위해 자리에서 일어나 다 녹은 아이스크림을 싱크대에 버렸다. 하수구로 느리게 흘러가는 초록색 액체를 보다가 어지러움을 느끼기도 했다.

문득 확인하고 싶은 게 있어 고개를 돌려 영원에게 물었다.

"이제 더는 그 애 생각이 안 나니?"

시간이 한참 지나도 고쳐지지 않는 게 있는데, 혹시 너도 그런지 알고 싶었다. 영원은 예전만큼은 아니지만 지금도 가끔 떠오른다고 말했다. 아마 영원히 잊지 못할 거라고 했다. 가까이 알고 지내던 사이는 아니지만 자신은 앞으로도 종종 그 아이를 떠올릴 것이고, 그 애의 수많은 가능성을 상상할 것 같다고 말했다.

그는 한숨을 쉬듯 웃었다. 나는 홀가분해하는 그 행동이 가증스럽다고 생각했다. 그냥 네 슬픈 감정을 주체하지 못해서 노래까지 만든 거 아니야? 그 애의 삶을 네 이야기로 만들어버린 거 아니야? 네가 음악으로, 감성으로 사회적인 사건을 축소하고 그 애의 이야기를 뺏은 거 아니야? 미국인들의 자의식과잉 같은 거 아니야?

솔직히 말하면, 나는 타인이 죽은 것을 가지고 창작하는 사람들이 죄다 마음에 들지 않았다. 비극을 견딘 자신이 너무 대견해서 누군가의 죽음을 훈장처럼 여기는 것 같으니까. 나는 영원이 아주 조용해졌는데도 닥치라고 쏘아붙이고 싶었다. 이 가시 돋친 마음은 자기혐오의 일종일지도 몰랐다.

"오늘은 누굴 위해 계속 노래를 만든 건데?"

"오늘은 나를 위해서 만든 거지만, 다 만들면 누나한테 가장 먼저 들려줘야겠다고 정했어요."

영원은 왼손 검지로 자신의 깁스를 톡톡 두드리며 선언하듯 말했다. 내리뜬 눈에 서글픔이 가득해서 무시할 수도, 윽박지를 수도 없었다. 나는 영원의 손끝과 눈과 여전히 노래를 작게 읊조리는 입술을 지켜보았다. 그 사이에는 호젓한 아름다움이 있었다.

저녁노을이 집안으로 들어오자 영원은 돌아가보겠다고 급하게 신발을 신었다. 그는 김치찌개 맛있었다고 외친 뒤 왼손으로 잠금을 해제하고 어깨로 문을 밀어 빠져나갔다. 빌라 입구에서 그가 가족과 통화하는 소리가 들렸다. 나는 심호흡을 하고 열어둔 창문을 닫기 위해 손을 뻗었다. 영원은 낮게 가라앉은 목소리로 엄마에게 나도 사랑한다, 나도 보고 싶다 같은 말을 늘어놓고 있었다.

영원이 두고 간 자두들은 테이블 위에 그대로 두었다. 아마 썩을 때까지 두었을 것이다.

*

영원이 내 집에 왔다 간 지 이틀이 지나고, 나는 반찬을 나눠준다는 핑계로 영원의 집에 가기로 했다. 재수없든 괘씸하든 그가 손을 다쳐서 생활하기 어려운 상황은 변하지 않았고, 모르는 척할 수 없었으니까. 게다가 영원이 혼자 지내는 것보다, 그 밴드 자체가 신경 쓰여서 견딜 수 없었다.

나는 영원이 빠지고 객원 기타리스트와 급하게 합을 맞춰 다닌다는 공연이 제대로 돌아가기나 하는지 궁금해 온갖 SNS에서 후기를 검색했다. 그러다 그가 다친 이유가 사고가 아니라 폭력 때문이라는 추측을 보았고, 그 글은 소문인 주제에 전혀 제재당하지 않고 당당하게 검색 결과 사이에 자리잡고 있었다.

술 마시고 자기들끼리 싸우다가 영원이 맞았다더라, 도망치다가 굴러서 뼈가 부러졌다더라, 영원이 먼저 잘못했다더라, 연습 안 나오고 여자친구랑 놀러다녀서 원래 자주 싸웠다더라, 형들이 적당히 혼낸 건데 영원이 엄살부리면서 공연 빠진 거라더라, 어차피 곧 탈퇴할 거라더라, 그 밴드는 원래 주기적으로 탈퇴 멤버가 나온다더라. 별의별 얘기가 쏟아졌다.

찝찝해서 미쳐버리기 전에 영원에게 연락했다. 반찬만 전달하고 가겠다고 했지만 영원은 공동 현관으로 내려와 직접 문을 열어주고 자연스럽게 나를 내부로 들였다. 내가 발을 유리문 안쪽으로 내밀자마자 동그란 센서 등에 불이 들어왔다.

엘리베이터 버튼 위쪽에 단수를 알리는 안내문과 흡연 금지 경고문이 붙어 있었다. 경고문 아래에는 누군가가 '밤 아홉시 이후에 연주 좀 하지 마세요'라고 빨간 펜으로 휘갈겨 쓴 것이 보였다. 나는 그것을 손으로 가리키며 영원을 쳐다봤지만 영원은 시치미를 뚝 떼며 고개를 저었다. 부은 얼굴로 내게 못마땅한 눈빛을 쏘았다.

"거실에 피아노가 있어요. 정효 형이 가끔 쳐요."

영원은 깬 지 얼마 지나지 않아 평소보다 눈이 작고 머리칼이 뒤죽박죽으로 헝클어져 있었다. 그에게 잘 잤냐고 했더니 밤을 꼴딱 새웠다고 했다.

"뭘 하느라 새웠는데?"

"그냥요. 그냥."

영원은 성의 없는 말투로 답했다. 추궁하듯 째려봐도 모른다고만 했다.

영원과 정효는 에이전시에서 제공하는 숙소에 함께 살고 있었다. 정효는 투어 일정으로 집을 비웠고, 거실엔 커다란 피아노만 덩그러니 서 있었다. 나는 살금살금, 아주 조심스럽게 피아노 근처로 걸어갔다.

정효의 유튜브 영상에서 얼핏 보았던 풍경들이 새까만 클래식 피아노를 둘러싸고 있었다. 갈색 가죽 소파, 규격이 서로 다른 예술 책들, 차마 옷장까지 가지 못하고 널브러져 있는 옷들, 긴 창과 하얀 커튼. 걸리적거리는 것은 없었으나 다소 산만했다. 다른 방은 어떤지 궁금했지만 전부 닫혀 있었다. 나는 굳게 닫힌 문들을 힐끔거리다가 영원을 쳐다보았다. 그는 하품을 하며 내게 말을 걸었다.

"안 바빠요?"

"당연히 바쁘지."

내가 한숨을 섞어 속삭이자 영원은 그런데도 왔네요? 하며 개구지게 웃었다. 그는 내게 집안을 대충 보여주고 물을 따라주었다. 왼손만 쓰는 생활에 금방 익숙해진 것 같았다. 내가 요리하는 동안 영원은 한 손으로 건조기에서 세탁물을 하나하나 꺼내 개었다. 청소기를 밀기도 했다. 그러다 그는 갑자기 우뚝 서서 내게 한 가지를 부탁했다.

"세수를 제대로 못했는데 도와주세요."

영원은 한 손으로 비누 거품을 내는 게 성가셔서 물로만 씻었는데 개운하지 않다고 말했다. 나는 화장실에 따라 들어가 세수를 도와주었다. 영원이 세면대 앞에서 몸을 구부리면 옆에 서서 비누 거품을 만들어 얼굴에 문질러주는 식이었다. 이마와 눈썹과 볼, 코끝과 턱까지 손안에 꽉 찬 삼차원의 호선과 직선들이 정신을 산란하게 만들었다.

4

내가 스무 살이 되었을 때, 대학에 가고 싶어도 성적이 안 되어 가족들과 매일 싸우고 갈팡질팡할 때, 주희 엄마가 나를 찾아왔다. 나는 주희가 온 것도 아닌데 반가워서 신발을 구겨 신고 아파트 단지 주차장으로 마중을 나갔다. 화가인 그는 나를 국립현대미술관에 데려가 전시를 보여주고 근처에 있는 양식당에서 스파게티를 사주었다.

주희 엄마는 내게 잘 지내고 있는지 물었다. 나는 잘 지내지 못했지만 고개를 끄덕였다.

"여전히 춤 좋아해?"

"아뇨. 안 춰요."

나는 주희에게 말할 때처럼 솔직하게 털어놓았다. 주희 엄마는 내게 앞으로 뭘 할 건지 물었다.

"계획 같은 거 있어?"

"무슨 계획이요?"

"아무거나. 구체적이지 않더라도."

"없을걸요."

어른들은 멀쩡하고 그럴듯한 계획이 없으면 큰일이라도 나는 것처럼 말하는데, 나는 허구의 계획조차 지어낼 여력이 없어서 당당하게 모른다고 답했다.

"뭘 하고 싶은지 모르겠어요."

모든 게 싫고, 자신이 없고, 어디에도 집중할 수 없다고 말했다. 좋아하는 게 분명 있었는데 잃어버렸고, 다시는 찾을 수 없을 것 같은 기분이 든다고 구구절절 설명했다.

"그래도 오늘 본 전시는 재밌었어요."

주희 엄마는 스파게티 면발 사이에 포크를 살짝 끼우고 돌돌 말며 웃었다.

"나도 여태껏 비슷했어."

"지금은 안 그러세요?"

"나를 바꾸려고 노력했지. 우리 같이 힘을 내보자."

"힘을 내면 바뀌나요?"

"시간을 너무 낭비하진 말자."

그때는 그 말이 무슨 뜻인지 알아듣지 못했지만, 이제는 안다. 주희 엄마는 끝과 죽음 대신 시간과 삶에 남은 의지를 바치기로 한 것이다.

주희 엄마는 방황하는 내게 조언과 격려를 아끼지 않았다. 대학에 가고 싶으면 가자고 했고, 관심 분야가 없으면 찾아보자고 했다. 자신이 얼마든지 도와줄 수 있다고 해서 나는 그날부터 염치도 없이 주희 엄마와 이곳저곳 함께 다녔다. 미술관과 도서관에 가고, 뮤지컬과 연극을 관람했다. 일러스트레이션 페어에도 가고 국제 도서전에도 갔다. 직업 박람회와 유학 박람회에도 갔다.

나는 어차피 유학 못 갈 것 같은데 왜 굳이 유학 박람회에 가야 하냐고 물어봤다. 주희 엄마는 왜 그렇게 생각하냐며 나를 조곤조곤 다그쳤다.

"네가 뭔가를 원하게 되면, 너는 그걸 얻기 위해 노력할 거야."

"노력한다고 다 얻을 수 있는 건 아니지 않아요?"

"하지만 뭔가가 있다는 것도 모르면 안 되잖아. 그걸 얻는 수단과 방법까진 알아야지. 해보지 않더라도 말이야."

우리는 유명 유학원 부스에서 나눠준 미국 유학 책자를 읽으며 대도시의 이름을 읊었다. 노란 원피스를 입고 선글라스를 쓴 주희 엄마가 로스앤젤레스가 좋을까, 뉴욕이 좋을까? 하면 내가 로스앤젤레스라는 단어는 스페인어로 천사들이라는 뜻이래요 하며 동문서답했다. 다른 모녀들을 모방하며 웃고 떠들고 있었더니 꼭 공부하러 미국에 가지 않더라도 여행이라도 가보겠다는 마음을 먹게 되었다. 도시 이름을 '천사들'이라고 짓는 나라라면 환상적인 곳일 테니까.

나중에 미국에 가게 되면 성처럼 크다는 미술관들을 꼭 둘러보고 싶었다. 나는 책자에 프린트된 메트로폴리탄 박물관과 시카고 미술관 사진에 몰래 동그라미를 치고 집에 가서 부모님께 유학 얘기를 넌지시 꺼냈다. 엄마는 무슨 돈으로 유학을 갈 거냐고 물었고, 아빠는 위험하게 딸을 혼자 어떻게 미국에 보내냐, 뉴스에 하루걸러 나오는 총기 난사 사건 못 봤냐고 퉁명스럽게 말했다. 내가 시카고를 언급하자마자 그는 버럭 소리를 질렀다. 거기가 제일 위험한 거 모르냐면서. 나는 하루 만에 포기하고 내 방으로 돌아갔다.

놀라지도, 크게 낙담하지도 않았다. 부모님의 반응은 내게 그 어떤 미래보다 뻔해서 가끔 예상이 아니라 예언하는 기분이 들었다. 만약 그들이 유학을 보내주겠다고 발 벗고 나선다 해도 준비할 게 이만저만 아니라는 걸 박람회를 통해 알아버린 후라 차라리 잘됐다고 생각했다. 그날은 누워서 남들의 미국 여행 사진이나 미련스럽게 찾아보다가 잠들었다.

하루는 주희 엄마와 한 유명 요리사의 강연을 들으러 갔는데, 그 요리사의 발표 자료에는 커다랗게 '효율'이라고 적혀 있었다. 그는 음식을 맛있게 만드는 것은 타이밍이고, 그러므로 요리에서 가장 중요한 것은 효율이라고 하더니 갑자기 인생도 그렇다고 마무리지었다. 주저 없이 도전하고 영 안 될 것 같으면 빨리 포기할 줄도 알아야 한다고 조언한 남자는 바쁜 일정이 있어서 질문을 받지 못한다고 말하며 유유히 행사장을 빠져나갔다.

나는 그 자리에서 최종적으로 유학을 체념할 수 있었고, 내가 이미 많이 뒤처진 것 같아서 조급한 마음이 들었다. 내가 우울한 기색을 숨기지 못하면 주희 엄마는 나를 식당과 카페에 데려갔다. 엄청 달고 칼로리가 높은 디저트를 골라도 주희 엄마는 더 먹고 싶은 건 없냐며 뭐든지 주문해주었다. 나는 주희 엄마의 웃는 얼굴을 보다가 수상한 데자뷔를 느꼈다.

나를 위해 초코케이크 한 조각과 딸기셰이크를 시켜주고, 자기 몫으로는 커피 한 잔과 야채 샐러드를 시키는 주희 엄마는 머리부터 발끝까지 위화감을 뒤집어쓰고 있었다. 그가 내가 기억하던 사람이 전혀 아니라는 것을 거의 강제로 깨달아야 했다. 주희 엄마는 혼날까봐 자두 하나도 다 못 먹던 주희에게 해주지 못한 걸 내게 해주고 있는 게 분명했다.

초코케이크를 크림 한 점 남기지 않고 해치우면서 고민했다. 말해야 해? 알아도 모르는 척해야 해? 주희는 아마 생일에도 이 사람과 초코케이크를 먹어본 적이 없을 텐데, 내가 그래도 돼?

꼭 주희 엄마에게 명확하게 전해야 한다고, 내 영혼의 멱살을 잡아 종일 흔들다가 결국 집에 돌아가는 길에 말을 꺼냈다. 내 자신 없는 목소리가 차 안에 먼지처럼 떠다녔다.

"저…… 제가 주희 대역이 될 수는 없어요. 알고 계시죠?"

조수석에 앉아 있던 나는 시선을 어디에 두어야 할지 몰라 고개를 사선으로 숙이고 주희 엄마의 답을 기다렸다. 대시보드 위에 놓인 동그란 차량 방향제만 슬쩍슬쩍 쳐다보면서.

주희 엄마는 갓길에 차를 세웠고, 엉엉 울었다. 나는 고개를 돌려 그 모습을 조용히 관찰했다. 위로하고 싶었지만 방법을 몰랐다. 주희 엄마는 주희의 장례식 때도 메마른 얼굴로 가만히 서 있었기에 갑자기 왜 우는지도 이해할 수 없었다. 어른이 그렇게 크게 우는 걸 가까이서 처음 본 나는 주희 엄마를 안지도 못하고, 쓰다듬지도 못했다. 죄송하다고 연신 사과만 하면서 차라리 같이 울어버릴까 고민했다.

주희 엄마는 손등으로 눈물을 닦으며 말했다. 사과하지 마,

해인아. 당연히 너는 누굴 대신하지 않아. 목소리가 낮고 떨림이 없어서 무슨 연극이라도 하는 것 같았다.

"넌 그저 해인이지. 내가 미안해."

나는 집 앞에 도착하자마자 꾸벅 인사하고 아파트 안으로 도망쳤다. 넌 그저 해인이지, 그저 해인. 내 존재를 있는 그대로 인정한다는 뜻인데도 왠지 모르게 부끄럽고 서러웠다. 내가 그저 해인이라니, 왜 내가 고작 해인인 걸까.

주희 엄마와 더이상 함께 다닐 수 없을 거라 생각했다. 어색하게 끝난 짧은 여행, 그 정도로 매듭짓자고 스스로 달랬는데도 눈물이 나왔다. 나는 화장실에 박혀 주희 엄마처럼 엉엉 울었다. 속이 너무 뜨거워서 누군가 내 갈비뼈 겉면에 자괴감을 발라서 굽고 있는 것 같았다. 내 입으로 저는 주희가 아니에요 해놓고 그걸 후회했다. 나는 왜 주희가 아닐까, 걘 죽었는데 왜 아직도 걔가 부러울까. 왜 걔한테 주어진 것은 아직도 세상에 남아 있고, 나는 그게 탐날까.

주희 엄마가 내 엄마면 좋겠다고 생각한 적이 더러 있었다. 춤추라고 학원에 보내주고, 개인 연습실을 빌려주고, 아무 무늬 없는 이불을 덮어주고, 쓸데없는 발레리나 스노볼 장식으로 방을 꾸며주고, 최신 핸드폰을 사주고, 주희가 용돈으로 비싼 옷이나 화장품을 사도 뭐라 하지 않았으니까. 그걸 다

일진 애들한테 뺏겨도 표정 하나 바꾸지 않고 새로 사라고 했으니까. 그 비슷한 것이 선물처럼 내 앞에 와 있었는데, 주소지가 잘못 적힌 걸 알면서도 몰래 끌러본 것 같아서 나 자신이 너무 미웠다.

그런데 주희 엄마는 다음다음 날에도 나를 불러내 서점에 데리고 갔다. 내가 관심을 보이는 페미니즘 책을 사주고, 서점 앞 베이커리에서 빵을 잔뜩 샀다. 주희 대신이 아니라 그냥 네가 좋은 애라서 사주고 싶은 거니까 부담스러워하지 말라고 했다.

우리는 빵을 들고 공원으로 갔다. 주희 엄마는 평온한 얼굴로 하늘을 봤다. 내가 벤치 위에 엎드려 누워도 자세를 바꾸라고 잔소리하지 않았고, 방금 산 책을 소리 내 읽으면 경청해주었다. 그는 꾸준히 나를 불러내 보호자와 교육자 노릇을 했다. 나는 그런 역할 놀이를 원하지 않아서 일부러 친구처럼 굴었다. 편하게 안부를 묻고, 영화를 보든 전시를 보든 최대한 솔직하게 감상을 말하고, 뉴스에 나오는 경기 침체나 정부 정책에 관해서 아는 것도 없으면서 아는 척 떠들었다. 미용실 잡지에서 본 연예인 루머를 들려주기도 하고, SNS에서 서로 팔로우도 했다. 나는 노출이 있는 옷차림 사진을 아무렇지 않게 공유하고, 가끔은 비속어도 대놓고 썼다. 주희 엄마가 공과금이나 보험 특약 같은 어른들 용어를 써도 대충 알아듣는 척했다. 나 역시 주희 엄마를 주희 대신으로 여기려고 했는지도 모른다.

그래도 주희 엄마는 내게 맞춰주면서 점점 친구처럼 지내려고 노력했다. 존댓말은 유지했지만 나는 그를 아줌마나 이모라고 부르지 않고 미주라고 불렀다. 그러면 미주도 나를 해인, 하고 영어 이름을 부르듯 간결하게 불러주었다.

나와 미주. 우리는 나이 차이가 많이 나도 언제든 시시콜콜한 이야기를 늘어놓을 수 있는 가까운 사이였다. 변화를 함께 겪으려고, 공통의 상실을 서로 매만져주려고 자발적으로 모인 모임이었다.

*

미주는 사진가인 친구나 개발자인 동생도 만나게 해주었고, 나는 때때로 그들의 이야기를 듣고 기억나는 것을 전부 메모했다. 틈이 나면 메모를 읽으면서 그 사람들의 일상과 작업을 상상했다. 아마 롤 모델을 찾으려고 나 나름대로 고군분투했을 것이다. 그러나 그중에 내가 본받거나 모방하고 싶은 사람은 없었다.

나는 미주 같은 어른이 되고 싶었다. 직업이 있고, 창작하고, 자기 딸도 아닌 여자애를 키우려 하고, 그 애와 친구도 될 수 있는 어른은 살면서 처음 봐서 내가 그 맥을 잇는 후계자가 되고 싶었다. 게다가 미주는 내가 뭔가를 해낼 수 있으리라는 믿음을 가시적으로 보여주는 유일한 사람이어서 절대로 실망하게 하고 싶지 않았다. 내가 롤 모델로 삼을 수 있는 사람은 미주뿐이었다.

미주에게 당신 작업실에 가보고 싶다고 요청했을 때, 그는 조금 망설이다가 나를 차에 태우고 서울 끝자락에 있는 작은 건물로 향했다. 우리는 주희가 좋아했던 아이돌 그룹의 노래를 틀어놓고 도로 양쪽으로 끝없이 이어지는 가로등 불빛 사이를 달렸다.

"박주희가 이 그룹 콘서트에 갔던 거 알아요? 미주가 허락을 안 해줘서 연아인가 연우인가 하는 같은 반 애랑 몰래 갔다고 했었는데."

"주희가?"

"안 들키고 잘 갔다 왔나보네."

"넌 애네 좋아해?"

"전 남자 아이돌에 관심 없어요."

미주는 익숙하게 공용 주차장을 찾아 차를 대고 나와 함께

오 분쯤 걸었다. 상가 부지에서 살짝 떨어진 곳에 주사위처럼 생긴 건물이 있었다. 우리는 아이돌의 노래를 작게 따라 부르며 이층으로 올라갔다. 벽이 노랗고 창틀은 빨간 화실이 나왔다.

나는 미주가 열어준 문을 붙잡고 조용히 화실에 들어갔다. 구겨진 물감 튜브와 건조한 붓, 색을 섞은 자국이 지저분하게 남은 팔레트가 한눈에 들어왔다. 커다란 캔버스들이 벽의 사면을 꽉 채우고, 책상 위에는 스케치가 산더미처럼 쌓여 있었다. 무수한 습작에서 눈을 뗄 수 없었다.

어딜 봐도 그곳에는 주희의 초상화가 있었다. 그림 속 주희는 내 기억의 바닥에 파묻힌 주희보다 더 어른스럽고, 우아했다. 눈빛이 형형하고 눈매가 더 날카로웠다. 절대로 괴롭힘이나 뒷담화를 봐주지 않을 것 같았다. 무슨 일이 생기면 뭐든지 해결하고, 아무것도 포기하지 않을 인상이었다.

미주가 사무치는 그리움에 매달려 그린 주희는 실제보다 더 미주를 닮아 있었고, 내가 아는 주희와 많이 달랐다. 나는 주희의 친구이고, 미주는 주희의 엄마라서 아마 우리는 같은 주희를 본 적이 없었을 것이다.

미주는 죽은 딸을 뮤즈처럼, 동시에 분신처럼 대하는 것 같았다. 별로 건강한 방식의 애도는 아니라고 생각했다. 아무리 사랑하는 사람이라고 해도, 타인의 죽음에서 계속 영감을 얻는다면 점점 미칠 것이다. 나중에는 감정과 현실을 구분하지도 못할걸. 그러나 모든 애도가 건강해야 할 필요는 없었다. 누군가는 그렇게 자기 자신을 갉아먹어도 괜찮다고, 그때는 그렇게 생각했다.

나는 그림만 봐도 미주의 속이 썩을 대로 썩은 것을 알 수 있었고, 그 감상은 신기할 정도로 중독적이었다. 나는 내가 아는 주희를 내 방식대로 그려보고 싶다고 생각했다. 내가 아는 질감으로, 나만 아는 것들을 시각적으로 표현하고 싶은 강한 욕구에 사로잡혔다. 그때, 그림을 배우고 싶어졌다.

바닥에 앉아 주희의 초상화를 몇 시간이고 응시하다가 미주에게 그림은 어떻게 그리는지 물었다. 그는 일 년이면 입시 미술에 충분하다고, 자기가 가르쳐줄 수 있다고 답했다.

"다른 애들은 몇 년씩 준비하는데 어떻게 저는 일 년이면 충분하다는 거예요?"

"넌 학교를 안 다니잖아."

스무 살의 나는 학교에 다니는 것도, 재수 학원에 다니는 것도, 일을 하는 것도 아니어서 갈 곳이 없었다. 그래서 매일 미주의 작업실에 들어앉아 그림을 배우고 종일 연습만 했다. 손가락과 손목이 시큰거려서 쉬고 싶은 날도 있었으나 나에게는 주희를 그리겠다는 목표가 있어서 어리광을 부리지 않았다.

미주는 내가 쉬지 않겠다고 고집을 부리면 일부러 청소를 시켰다. 여기 쓸어라, 저기 닦아라, 이거 옮기고 저거 버려라 하며 억지로 그림 그릴 시간을 빼앗았다. 어떻게든 휴식을 취하게 하려는 미주의 속셈을 알아채고 째려보았을 때, 그는 웃으며 말했다.

"쉬기 싫으면 청소하고, 청소하기 싫으면 쉬어야지."

나는 일부러 짜증을 내며 전투적으로 화실의 물건들을 정리했다. 잘 안 쓰는 화구는 어딘가에 집어넣었으면 해서 공간을 찾아다니다가 미주의 책상 옆에 놓인 서랍장을 만졌는데, 미주는 곧장 내 쪽으로 다가와 뻣뻣해진 표정으로 그 서랍은 잠겨 있다고 말했다.

세 칸 중 어느 것이 잠겨 있다는 건지 의아해 그를 쳐다보자, 미주는 성큼 손을 뻗어 내가 들고 있는 물건들을 받더니 발로 맨 아래 칸을 열고 물건을 살짝 거칠게 쏟아넣었다. 화가 난 것 같진 않았지만, 당황하거나 긴장한 듯 보였다. 나는 미주의 움직임을 따라 하며 맨 아래 칸을 발로 밀어 닫았다.

서랍장을 자세히 보니 첫번째 칸에 자물쇠가 달려 있었다. 잠겨 있는 게 아니라, 잠가둔 것이었다. 나는 종종 그 서랍 앞을 기웃거렸지만, 미주가 너무 단호할 정도로 관심을 주지 않아서 무엇이 들어 있는지 묻거나, 선뜻 열어달라고 요구할 수 없었다.

미주가 손을 다쳐 붕대를 감게 된 날에도, 그래서 내게 이런저런 심부름을 시킨 날에도 그 서랍은 한참 동안 내 눈길을 받았다. 두번째 칸에 들어 있는 서류를 꺼내 미주의 도장을 찍은 다음 일층에서 기다리고 있는 미주의 동료에게 건네주기만 하면 되었지만, 나는 첫번째 칸을 열 방법이 없는지 기웃거리며 뭉그적댔다. 그러다 무작위로 설정하는 자물쇠 번호가 이전과 달라진 것을 깨달았고, 미련을 털어냈다.

미주가 이 칸을 사용하는구나, 때때로 열어보는구나, 여권이나 통장 같은 개인적인 물건이 있으려나 하며 물러섰다.

"근데 그런 건 보통 집에 두지 않나?"

나는 혼잣말을 하며 서류를 양손에 쥐고 계단을 내려갔다. 아마 다시 돌아오는 길에는 머리를 흔들면서 다짐했을 것이다. 사사로운 것에 정신을 빼앗기지 말자고, 그림이나 열심히 그리자고.

나에게 중요한 것은 미주의 물건이 아니라 미술을 배워 그림을 완성하는 일이기에, 서랍은 금방 잊혀졌다. 나는 배움과 훈련에 매진했고, 일 년 만에 합격하진 못했으나 미대에 진학할 수는 있었다.

대학생이 되자마자 지난 시간이 파도에 쓸려간 것처럼 느껴졌다. 고작 전공이 하나 생기고, 특정 학과에 소속된 것뿐인데 드디어 방황으로부터 졸업하는 것 같았다. 사람이 바글거리는 서울에서 수업을 듣고, 과제를 하고, 기숙사에 살면서 편의점, 카페, 고깃집, 학원에서 알바를 하니 새 삶이 주어진 것 같았다. 나는 곧 탄생부터 재수까지의 기간을, 그 전생 같은 시절을 없애버릴 수 있을 것 같은 착각에 빠졌다. 주희를 그리는 일만 남았다고, 그게 무슨 나의 마지막 임무인 것처럼 여유가 생기기만을 기다렸다.

나는 두 학기를 마친 뒤에야, 처음으로 다른 사람의 도움을 받지 않고 주희를 그릴 수 있었다. 에드가 드가의 발레리나 그림들을 참고해 색과 구도를 모작하며 주희와 내가 화장실 거울 앞에서 춤을 추는 모습을 그렸다. 나는 완성된 그림을 한없이 보다가 그날 그걸 태워버렸다. 드가와 우리가 어울리지 않아서? 아니면 그 그림이 그저 영정의 변형처럼 보였나? 이걸 그려서 대체 뭘 어쩌자는 거야. 내가 사랑하는 주희를 그리면 덜 슬퍼질 줄 알았는데 나를 더 싫어하게 될 뿐이었다. 이유를 알 수 없는 거부감이 머릿속에 곰팡이처럼 폈다. 나는 그날 밤, 망설임 없이 미주를 찾아갔다.

"미주는 어떻게 주희를 그려요?"

오랜만에 만난 미주는 돋보기를 쓰고 책을 읽고 있었다. 개인전을 준비하느라 화실에는 작품이 별로 없어서, 그곳은 온통 미주의 서재처럼 보였다. 그는 내가 말도 없이 찾아와서 살짝 놀란 표정을 짓다가 책갈피를 잘 꽂아두고 책을 덮으며 일어섰다.

"갑자기 무슨 일이야?"

"대체 어떻게 그리냐고요."

"보고 싶은 모습을 그리지."

"그래도 돼요? 그거 이상해요."

"뭐가 이상해? 내가 할 수 있는 최선을 다하는 건데."

"그게 사랑이에요?"

미주는 내 실언을 듣고도 화를 내지 않았다. 자기보다 한참 어린 애송이의 힐난을 듣고도 그저 손바닥에 턱을 괴며 미소 지었다. 미주는 원래 사랑은 다 이상한 거라고 나지막이 말했다. 그것처럼 비정상적이고 비논리적이고 비극적인 감정이 없다고 했다.

"해인은 사랑이 뭐라고 생각하는데?"

사랑의 정의나 예시 같은 걸 언어로, 구체적으로 떠올려본 적은 없었다. 나는 바보처럼 멀뚱히 침묵을 지켜야만 했다. 미주는 그런 나를 보며 뭘 하다가 이 늦은 시간에 여기까지 왔냐고 물었다.

"전 있잖아요, 걔가 춤을 추는 걸 보고 싶었나봐요."

"그게 네가 가장 좋아하는 주희니?"

나는 '좋아하다'라는 말에 눈살을 찌푸렸다. 사랑하다가 좋아하다보다 강하고 깊다고 믿어서, 미주가 내 감정을 축소하고 격하했다고 생각했다.

"춤출 때는 희미한 빛에도 반짝이는 애거든요. 그런데 걘 춤이 싫어졌을 수도 있잖아요."

주희는 예고도, 유서도 없이 떠났기 때문에 나는 주희가 춤을 어떻게 생각했는지 알 수 없었다. 그래서 짐작할 수도, 단정지을 수도 없었는데, 내 멋대로 그 애가 춤추는 걸 그리고 혼자 만족하려 한 것이다. 그 행위가 죄책감이라는 신의 발바닥으로 나를 마구마구 밟은 것이다.

"그래도 춤을 사랑했었다는 사실은 안 변하는걸? 어차피 주희가 춤을 사랑했든, 춤이 싫어졌든 모든 건 과거야."

미주는 사랑한다면 상관없다고 말하는 것 같았다. 주희의 입장은 이제 별로 중요하지 않다는 건가? 당신 감정이 더 중요해서 죽은 애는 아무렇게나 묘사되어도 괜찮다는 건가? 나는 드디어 미주가 주희의 삶과 죽음을 멋대로 편집하면서 슬픔으로부터 영감을 얻다가, 그렇게 계속 자기 자신을 갉아먹다가 미치게 된 엔딩에 다다랐다고 생각했다.

나는 도저히 하고 싶은 대로 할 수 없었다. 미주의 대답에 실망했고, 화실을 다시는 찾아오지 않기로 결심했다. 미주와 더 나눌 대화가 없었다.

내가 주희를 사랑하는 마음보다 미주가 주희를 사랑하는 마음이 훨씬 클 것이다. 사람마다 감정을 처리하는 방식이 다르다는 것도 알고 있었다. 하지만 나는 미주가 멋대로 그리는 주희도, 내가 멋대로 그리는 주희도 싫었다. 그 애를 존중하면서 떠나보내는 좋은 방법이 따로 있을 것 같았다. 내 슬픔을 발산하되 자해하지 않는 방법이 따로 있을 것만 같았다.

그 가상의, 올바르다못해 완벽한 애도에 집착하는 동안, 나는 미주에 대한 이상한 복수심을 느꼈다. 그가 나에게 많은 것을 베풀었음에도 불구하고, 나는 마치 장발장이라도 된 것처럼 미주의 은촛대 같은 것을 찾아 훔쳐가고 싶었다.

나는 미주가 맥주를 사러 편의점에 가자고 했을 때, 쉬고 싶다고 거짓말을 쳤다. 미주는 작업 공간에서 멀찍이 떨어진 소파에 누워 미적거리는 나를 홀로 두고 나갔고, 나는 미주가 잠가두는 단 하나의 서랍 앞으로 다가가 손잡이를 당겼다. 언제나처럼 열리지 않았다.

나는 대충 주희의 생일로 자물쇠 비밀번호를 설정해보다가 아랫부분에 열쇠 구멍이 있는 것을 발견했다. 미주는 화실 열쇠도 매트 아래 보관하는 사람이니 분명 근처에 자물쇠 전용 열쇠가 있을 것 같아서 구석구석 뒤졌다. 책상 서랍, 매트 밑, 미주의 코트 주머니와 간식 상자까지. 그러다 창가에 놓인 화분이 눈에 띄어 두 손으로 슬그머니 화분을 들어올렸다. 처음 보는 금색 열쇠가 있었다.

창밖으로 어둠 속에서 홀로 반짝이는 편의점 간판과 비닐봉지 하나를 들고 나오는 미주의 실루엣이 보였다. 나는 혹여라도 그가 내가 무슨 짓을 하는지 볼까봐 몸을 웅크렸다. 나는 열쇠를 집고 바닥을 기어 다시 서랍으로 향했다. 새끼손톱만한 열쇠를 자물쇠에 꽂자마자 미주가 건물 현관의 비밀번호를 누르는 소리가 어렴풋이 들려왔다.

헛손질하지 않으려고 자물쇠 몸통을 꽉 붙잡고 열쇠를 단번에 돌린 뒤 고리만 살짝 풀었다. 미주가 신발을 현관 문틀에 탁탁 터는 소리가 들렸다. 나는 서랍을 열고 그 안에 무엇이 있는지 제대로 보지도 않은 채 전부 집어 가방에 쓸어 담은 뒤 자물쇠를 다시 잠갔다. 미주가 계단을 오르는 동안 나는 열쇠를 제자리에 돌려놓고, 화분을 그 위에 올려두었다. 수상해 보이지 않으려고 스마트폰을 꺼내 셀카를 찍는 척했다. 그림자가 지지 않는 곳을 찾아다니는 척 일부러 서성거렸다.

문을 열고 들어온 미주는 내가 조명과 각도를 열심히 조절하며 사진 찍는 모습을 대견하게 바라보다가 탁자 위에 까만 봉지와 지갑을 올려두었다. 그가 파카를 벗어 옷걸이에 거는 동안, 나는 내 가방에 미주가 시선을 던지는 일이 없도록 지퍼를 끝까지 올린 뒤 소파 아래 내려두었다. 아무것도 모르는 미주와 마지막으로 함께 술을 마시고 집으로 돌아갔다.

*

"왜 이렇게 힘이 없어요?"

　영원이 느리고 기운이 없는 나의 손짓을 지적했다. 속수무책으로 세수당하고 있는 주제에 잘도 기어올랐다. 나는 상처를 건들까봐, 더 다칠까봐 박박 씻기지 못하는 것뿐이라고 말했지만 영원은 전혀 믿지 않는 눈치였다.

"이미 골고루 다쳐서 괜찮아요."

"헛소리하지 마."

　나는 영원의 얼굴에 물을 철벅철벅 바르고 정신 차리라는 뜻으로 뺨을 살짝 쳤다. 몸이 두 개라 해도 다치면 회복할 생각만 해야지 뭐가 괜찮냐고 잔소리를 하다가 내가 영원의 엄마도, 누나도 아닌데 뭐 하러 이렇게 간섭을 할까 싶어 관두었다.

그저 적당히 챙겨줄 요량으로 영원에게 식사를 차려주고 그가 먹는 것을 지켜보았다. 내가 앉은 쪽에서 정효의 물건들이 보였다. 화장품, 영양제, 시계, 선을 뽑아 돌돌 말아놓은 게임용 키보드, 소형 촬영 조명, 뭐 그런 것들.

"정효랑 지내는 건 어때?"

영원은 듣는 둥 마는 둥 하며 숟가락질을 멈추지 않은 채 모르겠다고 말했다. 정효가 집에 잘 들어오지 않는 편이라 딱히 평가할 것이 없다고 했다. 나는 인터넷에서 본 루머를 언급하고 싶지 않았지만 어떻게든 밴드 얘기를 꺼내고 싶어서 유튜브에서 보니까 정효 귀엽게 생겼더라, 상냥해 보이더라 하고 나답지 않게 촐랑댔다. 영원은 의아한 듯 고개를 기울이다가 진지한 눈으로 나를 바라봤다.

"소개 못해줘요."

"소개해달라고 한 거 아니야."

"다행이네요."

"진짠데."

영원은 고개를 크게 두어 번 끄덕이더니 밥그릇에 얼굴을 쑤셔 넣을 기세로 식사에 집중했다.

"왜 그렇게 경계해?"

나는 일부러 그의 불편한 심기를 찔렀고, 영원은 그런 거 아니라면서 단칼에 쳐냈다.

"뭐야, 싸우기라도 했어?"

아무것도 모르는 척하며 그를 떠보았지만, 영원은 고개를 흔들고 또 똑같은 말을 했다. 틀림없이 안 좋은 상황일 텐데 잘 설명해주지 않고 까칠하게 구는 것이 주희를 닮았다고 생각했다.

"그런 거 아니에요."

얘기하기 싫은 기색을 뿜어내는 얼굴을 보면서 나는 자연스레 포기했다. 내가 말하거나 듣기 싫어하는 것들을 항상 피해 가던 영원에게 내가 해줄 수 있는 작은 배려라고 합리화했지만, 실은 그저 무능함이었다. 나는 이번에도 방관하는구나, 또 외면하게 되는구나 하고 어쩔 수 없는 척 물러서는 것이었다.

그날은 그런 식으로 아주 시시하고 하찮게 끝났다. 우리는 재미없는 이야기만 하다가 헤어졌다. 영원이 방에 들어가 전화를 받는 사이에 내가 슬그머니 나와 집으로 돌아간 것이니, 영원이 나를 내보내고 싶어지기 전에 내가 먼저 도망친 것에 가까웠다.

우리는 한 주가 지난 뒤 다시 만났다. 그가 내게 전화를 걸어 집에만 있는 것이 답답하다고 토로했다. 병원에 가야 하는데 같이 가줄 수 있냐고 물어서 알겠다고 해버렸다.

영원은 택시 안에서 진료가 끝나면 뭘 할지 고민했지만 계속 뭐 할까요 뭐가 좋을까요라는 말만 반복하는 모양만 봐도 별생각이 없는 것을 알 수 있었다. 느긋하게 결정해도 상관없어서 나는 창밖만 내다보았는데, 영원의 우유부단한 말투가 어딘가 도움을 청하는 것만 같아서 이런저런 질문을 해주었다. 갈피를 잃은 의식이 내게 방향을 새겨달라고 재촉하는 것 같아서.

"야외가 좋아, 실내가 좋아?"

"실내가 좋을 것 같아요."

"사람 많은 데 가고 싶어, 아니면 조용한 곳에 가고 싶어?"

"조용한 곳이요."

조용한 실내라면 영원의 연습실이나 내 집이 가장 적합했지만 둘 다 그의 답답함을 가중할 게 뻔했다. 대중에게 열려 있고, 자유롭고, 조용하고, 실내인 곳은 미술관이나 도서관, 식물원 정도가 다일 텐데.

갈 만한 곳들을 떠올려보던 나는 내가 한때 미주가 되고 싶었다는 걸 기억해냈다. 나는 절대 미주처럼 될 수 없겠지만 영원을 그 기회로 다루려고, 미주가 나와 보낸 시간 중에 뭐 하나라도 따라 해보려고 미술관에 가겠냐고 물었다. 영원은 이 제안을 이미 예상한 것처럼 웃으며 고개를 끄덕였다.

병원에 도착한 우리는 어느 미술관에 갈 것인지 검색하면서 대기 시간을 버텼다. 영원이 진료실에 들어갈 때까지 우리는 별말 없이 스마트폰 화면만 보았다. 고작 검진일 뿐인데도 잔뜩 긴장해서 다른 것을 전부 회피하기로 한 것이다.

영원을 기다리는 동안 나는 습관적으로 SNS에 접속했다. 남들의 생활을 구경하는 데는 도가 터서 스크롤을 따라 흘러가는 사진과 텍스트로 머리를 적셨다. 읽는 순간 잊힐 정보로 샤워를 하는 것 같았다. 가끔 넘어오는 '카드뮴 그린'의 소식은 왠지 까먹고 싶어도 까먹을 수 없을 것 같아 애써 못 본 척했다. 영원을 제외한 그들이 뭘 하든 마음에 들지 않을 테니까.

진료를 마치고 나온 영원은 수납 창구 데스크에 몸을 살짝 기댄 채 두리번거리다가 안내를 받자마자 주머니에서 신용카드를 꺼내 내밀었다. 나는 영원이 내 쪽으로 올 때까지 그의 뒷모습을 지켜봤다.

영원은 다치고 소외당했지만, 울상으로 일관하지 않았다. 가까운 사람들과 크게 싸운 것이 분명한데 남에게 화풀이하거나 하소연하지 않으니 이젠 그의 쓸쓸함이 멋져 보일 지경이었다. 반면 나의 외로움은 어설프고, 과하기까지 한 것 같았다.

슬픔에도 급이 있는 것 같았다. 앞으로도 계속 슬퍼야 한다면 영원처럼 잘나가는 집단에서, 젊은 채로, 똑똑하고 똑부러진 채로 슬프고 싶었다. 그가 되고 싶다고 생각했다. 커리어뿐만 아니라 불행까지, 그리고 그것을 소화시키는 방식까지 가로채고 싶었다. 얼마나 유치하고 바보 같은 생각인지 알면서도 계속, 그가 되면 좋겠다고 생각했다.

죽고 떠난 주희를 부러워했던 때와 비교하여 전혀 성장하지 않은 나를 마주하는 순간이었다. 낯선 것이면, 내 것이 아니면 뭐든지 부러워하는 사람들을 멸시해놓고 나도 다를 바가 없었다.

영원은 날이 너무 덥다며 또다시 택시를 불렀다. 이번에는 값이 꽤 나올 거라고 했더니 그는 고향 물가를 생각하면 그렇게 걱정스럽지 않다고 너스레를 떨었다. 나와 영원은 나란히 뒷좌석에 앉아 서로를 보지 않고 각자의 창으로 시선을 꽂았다.

미술관에 도착한 우리는 입장권을 사면서 만 이십사 세 이하는 무료라는 사실을 알게 되었고, 나는 영원을 시샘하면서 얼마 되지도 않는 입장료를 아까워했다. 영원은 내 어깨를 토닥이며 만 육십오 세 이상도 무료라고, 나중에 다시 무료로 즐길 수 있다고 걱정하지 말라고 했다. 살아만 있으면 된다고, 작게 속삭인 영원이 로비에 있는 로커에 소지품을 넣어두

기 위해 먼저 발걸음을 뗐다. 그는 항상 어떤 일의 이면까지
는 아니어도 건너편을 볼 줄 알았다.

우리는 전시실 벽에 붙은 제목이나 설명을 한 줄도 읽지 않
고 산책하듯 돌아다녔다. 윤형근과 천경자의 작품을 아무런
맥락도 모르는 채로 감상하면서 서로 생각을 공유했다.

"버림받은 느낌이 들어요."

영원은 윤형근의 그림을 보고 고독이 눈에 묻을 것 같다고
말했다.

"나를 비웃는 것 같아."

나는 천경자의 그림을 보고 나를 내려다보는 이상한 눈빛
이 거슬린다고 말했다. 사람들은 모두 자기가 보고 싶은 것을
본다고 하던데, 자신의 내면을 그림에 투사시키는 것이라고
하던데.

사람들은 그림 앞에서 절대로 거짓말을 할 수 없다고 생각
했다. 자신이 모르는 척하거나 숨기는 것마저 내뱉고 만다고
생각했다. 나는 내 그림들을 떠올리며 내가 그토록 하고 싶었
던 말이 무엇이었는지 묻고 또 물었다.

영원은 꽤 꼼꼼하게 작품을 감상하다가 나를 돌아보았다.
그는 언젠가 내 그림도 미술관에서 볼 수 있었으면 좋겠다면
서 실없이 웃었다.

"저번에 보여준 거 있잖아."

"아, 육교에서 봤던 거요?"

"응. 어땠어? 무슨 생각이 들었어?"

고흐의 그림에서 나는 열정과 용기를, 영원은 그 너머의 흐릿한 정신을 보았으니 내가 알지 못하는 답을 알려줄지도 몰랐다. 내 바람을 느꼈는지 영원은 한참 턱을 매만지며 고민했다.

"제대로……"

"제대로?"

"살고 싶다."

"살고 싶다?"

그의 목소리가 내게 부딪쳐 되울리는 것 같았다. 나는 뭔가를 더 묻거나 설명하지 못하고 말없이 아무 액자에나 시선을 두었다. 영원은 잔잔한 웃음을 흘리더니 답이 아닌가보네, 하지만 감상은 자유니까요? 하며 또 앞서 걸어갔다. 나는 그의 따뜻하고 흔들림 없는 말투와 가벼운 걸음걸이를 시샘했다.

내가 나를 긍정할 수 없을 때마다 영원이 내 곁을 빙글빙글 도는 것 같았다. 무의식은 꿈이고 꿈은 푹 꺼진 사랑이에요, 기쁨도 똑같이 예행연습이 많이 있을 거예요, 그래도 자기만의 질서가 있을 거예요, 제대로 살고 싶다…… 그는 매번 무작위로 단어를 모아 만든 것 같은 이상한 문장을 뱉으며 나를 위로했다. 내 오기를 달래주고 욕심을 받아주고 영원히 내 주변에 있을 것처럼 굴었다. 내가 지어낸 사람처럼, 나를 해체해 알고리즘을 입력한 인공지능처럼, 나의 갈라테이아처럼. 나는 그와 함께하는 시간을 대놓고 원할 수밖에 없었다. 부정해봤자 탈이 나지 득은 없었다.

우리는 자주 정효가 오지 않는 영원의 집에서 시간을 보냈다. 반나절, 때로는 한나절 내내. 장마가 끝나고 푹푹 찌는 더위가 밤이 되면 한풀 꺾여도 밖에 잘 나가지 않았다.

어느 주말에는 영원이 기타를 가르쳐주었다. 그는 오랫동안 사용한 어쿠스틱 기타를 꺼내 와 내 앞에 눕혀놓고, 방으로 돌아가 마구 휘젓고 다녔다. 방바닥에 굴러다니는 연두색 피크를 주워 온 영원은 내 엄지와 검지를 직접 구부려주고 그두 손가락 사이에 그것을 쥐게끔 했다. 피크의 뾰족한 모서리가 내 엄지의 부리처럼 보였다.

"이렇게 안아서 손목 밑이나 다른 손가락으로 지탱하는 거예요."

영원은 나를 마주보고 앉아 시범을 보이면서 뿌듯한 얼굴로 웃었다. 그는 내게 기타를 건네고 똑같이 해보라고 했고, 나는 방금 영원이 보여준 자세를 그대로 모방했다. 피크를 기타줄 사이에 살짝 걸치고 이다음은 어떻게 하는지 궁금해 영원을 지켜봤다.

"아래로 긁거나 위로 긁는 거예요. 보통 그걸 반복해요."

"소리가 엄청 울려."

"맞아요. 일렉이랑 달라요."

"왼손으로는 뭘 해?"

나는 공연에서 영원의 왼손이 끊임없이 자리를 바꾸는 것을 보았기 때문에 닦달하듯 물었다. 그는 기타는 왼손이 중요하다고, 코드를 잡는 법을 알려주었다. 영원이 자기 손가락으로 내 손가락을 하나하나 옮기고 누르며 위치를 바꿔주었다. 나는 처음 잡아보는 빳빳한 기타줄과 영원의 미지근한 피부를 손끝으로 수용하면서 모든 감촉을 외우려고 했다.

"보통은 자기 악기 남이 만지는 거 싫어한다던데."

"보통은 그렇죠."

"너는?"

"저도 보통은 그래요."

"지금은?"

영원은 눈썹을 들어올리며 난감해하다가 혼자 웃음을 터뜨렸다. 뭐가 웃긴 건지 알 수 없었지만 나도 웃어주었다. 나는 처음 만져보는 기타가 신기해서 마치 생물을 대하듯 쓰다듬으며 부위의 이름을 물었다.

"얘는 프렛, 얘는 새들, 이건 튜닝 머신, 이렇게 움푹 들어간 모양이 컷어웨이, 이 구멍은 사운드 홀이에요."

친절하고 자세하게 짚어주는 영원을 가만히 보고 있었다. 곡선이 있고 뚫려 있어서 기타를 좋아한다고 했던 게 떠올랐다. 내가 춤을 좋아했던 이유와 비슷했다.

나는 영원의 설명을 들으며 기억을 샅샅이 들추었다. 나와 춤. 나와 음악. 나와 주희. 몸으로 수많은 곡선을 그리고 팔이나 다리로 동그란 공간을 만들어 음악이 내 몸을 관통하게 하는 것. 음악에 맞춰 계속 바뀌는 동작들이 내 몸을 지배하도록 두는 것. 더는 무능한 기분이 들지 않게 스스로 고꾸라지는 것. 주희가 곡선으로 가득한, 매 순간 어딘가 동그랗게 뚫려 있는 춤을 출 때 나는 그 애의 모든 관절에서 눈을 떼지 못했다.

수많은 기억들이 종잡을 수 없는 순서로 머릿속을 스쳤다. 춤을 추는 주희, 그림을 가르쳐주는 미주, 부모님과의 말다툼, 유학 박람회에서 나눠주던 팸플릿, 아무데나 뱉은 자두 씨, 민영과의 산책과 수다, 병원에서의 짧은 상담, 물건으로 꽉 찬 내 집, 강의실을 벗어나는 교수, 장례식에서 또래들이 추던 발레, 꿈속에서의 파 드 샤 같은 것들. 인생이 모래알을 모아서 이어 붙이는 긴 목걸이처럼 보였다. 내가 이 지겨운 공예를 남들만큼 잘하지 못해서, 아니면 너무 멋대로 해서 항상 남의 인생을 부러워하는 걸까.

영원은 멍한 나를 톡톡 건드렸다. 그는 내가 어떤 생각의 굴레에 사로잡혀 있을 때 정지하거나 갑자기 사라지곤 하는데, 내가 그를 아주 간절히 원하면 어떻게든 돌아와 나를 깨우는 것 같았다. 어렵고 복잡하고 답답한 생각으로부터 벗어나길 원하는지 나조차 자각하지 못하는데, 영원은 이미 다 아는 것 같았다.

나는 그제야 조금 집중하며 영원이 반복하여 알려주는 기타 용어를 외우려고 노력했다. 그가 내는 퀴즈를 맞히기 위해 헷갈리는 것은 따로 적기도 했다.

"금방 외우네요. 모레면 가요도 연주할 수 있겠어요."

영원의 과장 범벅 칭찬에 웃음이 절로 나왔다. 나는 춤을 처음 배울 때와 비슷한 경이를 느끼고 있었다. 겁내지 않고 좋아하기만 하는 마음은 어릴 때 거의 다 마무리된다고 생각했지만 여전히 하나하나 알게 될 때마다 새롭게 열리는 세계가 있었고, 그것의 무게가 내 거만한 믿음을 짓눌렀다. 아, 어차피 모래알이 될 순간인 주제에 더럽게 무겁다고 생각했다.

영원은 코드 잡는 법을 알려주려다가 내가 살짝 지친 눈짓을 보내자 기타를 치웠다. 손이 다 나으면 제대로 알려주겠다고 했다. 나는 고개를 끄덕이고 자리에서 천천히 일어섰다.

우리는 청소를 하고 영화를 보았다. 끝말잇기를 하다가 노래를 틀어놓고 갑자기 춤을 추었다. 자리에서 방방 뛰고 머리를 흔들었다. 나는 춤이라면 이제 뭐든 질색이었지만 생각하기 싫어서 몸을 움직였다. 무아지경이 된 영원을 조금씩 따라 하면서.

"너무 밝아서 그래요?"

영원은 내가 춤을 꺼리는 줄 모르고 단지 너무 밝아서 음악에 몰입하지 못한 것으로 판단한 모양이었다. 그는 조금이라도 더 어둡게 만들어보겠다며 창문으로 향했다. 다친 것을 깜빡했는지 오른손을 들려다가 곧바로 왼손을 들어 고정 끈을 당기던 영원이 커튼을 와라락 찢어먹었다.

"우와, 사람이 그걸 그렇게 한 방에 찢을 수가 있어?"

그는 눈을 말갛게 뜨고 나를 봤다. 어떻게 해야 하냐고 묻는 것 같기도 하고, 커튼을 찢은 데서 카타르시스를 느끼는 것 같기도 했다.

"그거, 가지고 나갈까?"

"어딜 가는데요?"

"한강? 돗자리로 쓰면 되겠다."

나와 영원은 찢어진 커튼을 창틀에서 분리했다. 의자 두 개를 창문 양쪽에 두고 올라가 끝에서부터 고리를 하나씩 빼냈다. 바닥에 무거운 천이 훌렁 떨어졌다. 영원은 손짓이 너무 엉성해서 별로 도움도 안 되는데 커튼을 접으려고 열심히 낑낑댔고, 나는 옷이나 갈아입으라고 소리친 뒤 그를 밀어버렸다.

우리는 먼지투성이 커튼을 들고 나가 한강 공원으로 향했다. 편의점에 들러 캔맥주도 사고, 자두도 한 팩 샀다. 동시에 두리번거리고 동시에 한곳을 가리켰다. 공원에서 가장 인파가 없는 곳으로 가서 커튼을 탈탈 털었다. 나와 영원의 손이 합쳐서 세 개뿐이라 네 개의 꼭짓점 중 한곳을 고정하지 못해 계속 모양이 일그러졌지만, 우리는 커튼을 최대한 넓게 펴서 바닥에 돗자리처럼 깔았다.

야경이 제대로 보이는 자리가 아니어도 상관없었다. 여름밤의 눅눅한 바람과 깜깜한 하늘이면 숨어 있기에 충분했다. 대체 왜 밖에 나가서까지 숨고 싶었는지는 모르겠지만, 나와 영원은 박스에 들어간 고양이들처럼 붙어 앉아 조용히 심호흡했다. 완전하게 겹치는 숨소리가 온 세상을 덮어버리는 것 같았다.

"글은 뭘 쓰고 싶었어요? 소설?"

"응. 몇 년 전까지 열심히 썼어. 공모전도 몇 번 내보고,

민영이가 뭐든 해봐야 한다고 계속 옆에서 조잘거려서 출판사에 투고도 해봤어."

다 잘 안됐다고 말하지 않았지만, 영원은 뒤따른 적막의 뜻을 잘 알았다. 그는 내가 무슨 내용의 글을 써서 공모전이나 출판사에 보냈는지 묻지도, 대뜸 위로하지도 않았다. 대신 소설 말고 다른 건 관심 없어요? 하며 맥주캔을 따고 자두를 씹었다.

"시도 써보고 싶고, 가사 쓰는 것도 배워보고 싶었어."

"오, 가사!"

영원은 눈썹을 들어올리며 반가운 티를 냈다. 그는 갑자기 가방에서 노트를 꺼내 한 장 죽 찢더니 내 앞에 내밀었다. 써보라는 것 같았다.

"지금? 근데 가사는 멜로디가 있어야 쓰는 거 아니야?"

"있어요. 왜 없어."

그는 자신의 스마트폰으로 사운드클라우드에 접속해 음원 하나를 재생했다. 요즘 작업하고 있는 노래가 몇 개 있는데, 작사 연습하기 딱 좋을 거라고 했다.

"이렇게 캄캄한데 펜도 없고……"

"펜은 있어요."

"아니, 그보다 내가 어떻게 가사를 써?"

노래가 어떻게 만들어지는지, 구성 개념을 하나도 모르는 내가 감히 가사를 쓸 수 있냐고 따졌더니 영원은 아무것도 모르는 채로 시작해보라고 했다. 막무가내! 그를 거절할 줄 모르는 나는 영원이 만든 노래를 잠자코 들었다. 피아노와 기타 소리가 도화지처럼 깔리고 간간이 심벌 소리가 났다. 가이드 보컬도 있었다. 아마 영원이 직접 녹음한 것 같았는데, 그 보컬은 아리송한 가사로 노래의 틀을 세우고 있었다. 라라라라라, 예예예, 어쩌고저쩌고 있는 거야아, 사랑일 거야아, 랄라 랄라라 이런 식이었다.

"이 라라라라, 예예예 부분에 말을 넣는다고 생각하고, 아무거나 지어내봐요."

그는 가방을 탈탈 털어 펜을 건네주었다. 나는 영원의 펜을 잡고 손가락과 손등 위로 굴리며 고민에 잠겼다. 가사를 써보게 된다고 해도 이렇게 갑작스러운 시점일 줄은 상상하지 못했는데, 뭐라도 당장 지어내라고 하니 빨리 써야 한다는 강박이 생길 지경이었다.

어떤 이야기를 써야 할까. 영원이 들려준 노래는 몇 번을 반복해 들어도 어떤 분위기인지 몇 가지 단어로 설명하기 힘들었다. 가이드 보컬은 홀가분한 마음을 담아 부르는 것 같았지만, 배경에서는 스산한 소리가 났다. 피아노 소리는 구슬픈

데 기타 소리는 경쾌했다.

"원래는 무슨 가사를 생각했었어?"

뭐라도 참고하고 싶었지만, 영원은 마음대로 하라고 조언했다. 슬픔이 느껴지면 슬프게 쓰고, 행복이 느껴지면 행복하게 쓰라면서 마치 그 두 가지를 완전히 분리할 수 있는 것처럼 말했다. 나는 하품하는 영원의 얼굴을 뚫어져라 보았고, 그는 그렇게 봐도 해줄 수 있는 것이 없다고 어깨를 으쓱였다.

"편하게 생각해요. 어차피 연습이잖아요."

아무것도 몰라서 내 방식대로 할 수밖에 없었다. 나는 영원이 부를 노래라고 생각하고 펜을 꽉 쥐었다. 눈앞에 놓인 빈 종이가 편지지처럼 느껴졌다.

아무거나 적다가 줄을 찍찍 그어 지우기를 몇 번씩 되풀이했다. 해가 질 때까지 춤추자, 너는 내 목소리를 닮았어…… 나조차 무슨 뜻인지 알 수 없는 말들이 튀어나왔다. 맛있는 베이커리 몽블랑 파이 가사랑 별반 다를 것도 없어 보여서 자존심이 상하기도 하고, 다행이기도 했다.

"하, 모르겠어."

나는 방금 쓴 단어들을 전부 지우고 페이지를 뒤집었다. 다시 써야겠다고 한숨을 쉬었더니 영원이 킥킥대면서 내 옆에 바짝 붙어 앉았다.

"소설을 쓴다고 생각해봐요. 에이브릴 라빈의 스케이터 보이 알죠? 그 남자앤 펑크였고, 그 여자앤 발레를 했어. 이런 가사라고요. 이야기를 써봐요. 그 애는 책을 보고 있었어, 난 옆에서 박스나 옮겼지. 이런 것도 돼요."

영원의 입에서 우리가 처음 만난 날에 관한 예시가 나오자마자 나는 귀를 틀어막으며 소리를 질렀다. 그는 부끄럽냐면서 실실 웃더니 소설은 왜 쓰고 싶은 거냐고 물었다. 교수님도 나에게 똑같은 질문을 했었는데, 그때 하지 못한 말을 드디어 뱉을 수 있었다.

"지어내는 걸 좋아해."

"그게 왜 좋은데요?"

어린애처럼 또 꼬리를 물고 늘어지는 영원에게 나는 또 진지하게 답해주고 싶었다.

"혼자 지어낸 거라도, 이야기는 위로가 돼."

"그럼 잘하겠네요."

5

　사람들은 일기에조차 거짓말을 쓰기 때문에, 차라리 이야기를 지어낼 때 더 진실해진다. 다 가짜라고 생각하면 밑바닥까지 솔직해질 수 있었다. 나는 강을 바라보는 영원의 까만 진주 같은 눈동자를 관찰하다가 고개를 돌렸다. 마천루가 하늘을 향해 솟은 게 아니라 하늘이 건물로 내리꽂히는 것 같았다.

　영원은 등장인물이나 사건을 차근차근 정해보자고 했다. 그는 우리가 나오는 노래는 어때요? 하며 건의했고, 별로라고 말했더니 시무룩한 표정을 지었다. 그래도 계속 무언가를 추천하길 멈추지 않았고, 얼른 가사를 쓰도록 쪼았다. 나는 그 조그만 열정도 부러워서 펜 뚜껑을 깨물며 투정했다.

　"넌 네가 하는 일을 좋아해서 참 부럽다."

자존감이 높은 거겠지, 하고 덧붙이자 영원은 짧게 한숨 쉬며 정색했다.

"난 나 안 좋아해요. 내가 나를 얼마나 싫어하는지 모를 거야."

"말도 안 돼."

"잘 생각해봐요. 내가 나를 왜 좋아하겠어요?"

다친 손을 들어 보이며 영원은 다 알고 있잖아요, 하곤 웃었다. 나는 그의 초라한 여유마저 부러워하며 다시 종이에 시선을 두었다.

나와 영원은 아이디어를 주고받으며 함께 가사를 썼다. 따로 인물이나 사건을 정할 겨를은 없었고, 차라리 나 자신이 지어낸 인물이라면 무슨 가사를 쓸지 고민했다. 이게 전부 지어낸 상황이라면 무슨 이야기든 할 수 있었다. 나는 오래전 나를 떠난 한 사람을 떠올리며 단어를 골랐다.

우리 가사에는 춤춰, 그래, 빛나 같은 말들이 쏟아지고 알아, 알고 싶어, 사랑해 같은 말들이 이어졌다. 지킬게, 간직해, 기억해 같은 말들로 끝나는 식이었다. 결국 엄청나게 진부한 사랑 노래가 되었지만 영원과의 문답은 내가 쓰고 싶은 바를 명확하게 만들었다. 나는 빈틈없이 글자가 적힌, 아주 너덜너덜해진 종이를 뚫어지게 응시했다.

"마음에 안 들어요?"

"아니, 마음에 들어."

"정말로?"

"응. 내 마음을 녹여서 부어 얼린 것 같은, 그런 노래야."

영원은 아주 잘됐다면서 손바닥에 턱을 괴고 웃었다. 접힌 눈가를 만져주고 싶었지만 선뜻 손을 뻗을 수 없었다. 그는 내 머뭇거림까지 전부 예견하고 있는 것처럼 얼굴을 가까이 들이밀었다. 그는 눈을 깜빡이며 아주 끈질기게 나를 쳐다보았다.

"이제 나를 좋아해요?"

그냥 좋아하냐고 묻는 것도 아니고, 이제라니. 그는 여태 내가 그를 오랫동안 밀어낸 것처럼 말했다.

"좋아한다고? 아, 이거 우리 얘기 아니라니까?"

내가 쓴 가사의 청자를 오해하고 있는 것 같아서 단호하게 말하자 영원은 어깨를 으쓱였다.

"좋아하는 건 평범한 거예요. 다들 가지는 감정이라고요. 뭐 그렇게 어렵다고."

"그건 싫어하는 것도 똑같잖아?"

"내가 싫어요? 이렇게 열심히 했는데!"

"네 노래니까 당연한 거 아니야?"

"몰라요. 아, 얼른 인정할 건 인정해요."

영원의 얼굴에는 성급함과 고집이 있었다. 지금 당장 떠날 것 같은 눈에서 나는 문득 이상한 낌새를 느끼고 긴 심호흡을 한번 뱉었다. 그런데도 시간이 멎어버리는 것 같은 멍하고 둔한 감각이 머리가 아플 정도로 몰려왔다.

영원이 내게 지상낙원에 같이 가자고 했던 날과 비슷했다. 주의력을 잃어가는 동안 나는 왠지 무척 간절해져서, 이 순간이 아니면 다시는 말할 기회도, 용기도 주어지지 않을 것만 같아서 주저하지 않고 말했다. 내 입에선 아주 횡설수설 긴 연설이 흘러나왔다.

"너와 대화하면 머릿속이 맑아져. 우린 말이 잘 통해. 너와 이야기하는 게 좋다고 생각했어. 잘 들어주고, 듣기 좋은 소리만 하잖아. 그런데 너도 나와 대화하는 게 재밌고 즐거웠으면 좋겠다는 생각이 들어서, 어느 날 그런 생각이 들어서……"

영원은 거봐요, 좋아하는 게 아니면 뭐예요? 하고 짓궂게 면박을 주었다. 그는 잘했다고 웃더니 자기도 비슷하다고 했다. 나와 오래오래, 밤새도록 길게 얘기하고 싶다고.

"물론 그럴 수는 없겠지만요."

"그렇게 얘기하다보면 할말이 점점 없어지겠지."

"아니에요. 할 얘기는 끊이지 않을 것 같아요. 그리고,"

영원은 말을 멈추고 잠깐 동안 노래를 흥얼거리다가 창피한 듯 웃었다.

"끊어져도 괜찮을 것 같아요. 이런 대화가 잘 없어도 좋아할 수 있어요."

영원은 쓰레기를 버리러 가겠다며 벌떡 일어서서 어딘가로 걸어갔다. 나는 가사가 적힌 종이를 꽉 쥔 채로 자리를 지켰다. 내 손안에서 종이도, 잉크도 녹아가는 것 같았다.

나는 영원에게 같이 가자고 청하거나 빨리 돌아오라고 재촉할 수 없었다. 지상낙원에서 홀로 앉아 영원이 오기를 기다리던 때처럼, 바람맞은 것처럼 가만히 있었다. 그래도 그때만큼 낙담하지 않았다. 그저 어째서 그가 그렇게나 지어낸 사람 같았는지 아주 천천히 깨닫고 있었다.

*

나는 영원을 다시 만나지 못했다. 밴드 '카드뮴 그린' 내부에 폭력 사건이 있었고, 멤버 영원은 고향 시카고로 돌아갔다는 기사를 읽으며 그렇구나, 하고 말았다. 지향하는 음악이 다르고, 학업에 집중하고 싶다는 공지를 읽고 그런가보다, 했다. 영원이 한국 팬들에게 남기고 싶다며 사운드클라우드에 올려놓은 트랙은 가사가 없는 로우파이 음악이었다. 나는 그걸 반복 재생하며 논문을 썼다.

일상이 굴러가게 만들어야 했다. 다니던 병원에 가서 약을 처방받고, 엄마를 만나고, 민영과 실없는 대화를 나눴다. 학기를 제대로 마치기 위해 교수들의 도움을 받고, 정신을 차리기 위해 저녁이 되면 나가서 뛰었다. 다시 고립되지 않으려고 안간힘을 썼다.

민영은 바쁘지 않은 날 일부러 시간을 내 나와 함께 병원에 가주었다. 우리는 나란히 앉아서 각자 스마트폰을 보며 내 차례를 기다렸다. 대기 시간도, 진료도 너무 익숙하고, 라운지에는 항상 나와 비슷해 보이는 사람들이 북적거려서 병원에 오는 게 무섭거나 불쾌하지 않은데도 민영은 꼭 떨지 말라고 말했다.

"나 안 떠는데?"

"대단해. 난 아직도 떨리던데."

나는 능청스럽게 손뼉을 치는 민영을 뒤로하고 진료실로 들어갔다.

민영이 처음 병원을 소개해주었던 때가 떠올랐다. 그의 설치미술 프로젝트에 우연히 참여하게 된 내가 상습적으로 한 가지 생각에 끝없이 파고드는 것, 남을 의심하고 모르는 것을 멋대로 추측하는 것, 자꾸만 말을 지어내게 되는 것을 인터뷰 중 털어놓았고, 민영은 야, 너도 정신병자네! 완전 나네? 하며 반가워했다. 그는 내가 연상인 것을 알고 나서는 친한 척하며 언니라고 부르더니 나를 끊임없이 따라다니다가 어느 날 대뜸 병원을 추천해주었다.

당연히 사이비 교도의 포교 활동인 줄 알고 거절했지만, 민영은 이후 나를 귀찮게 하거나 관리하려 들지 않았고 가끔 만나 잡담만 했다. 시간이 흐른 뒤 호기심에 검색해본 병원은 일반적인 곳처럼 보였다.

나는 반신반의하며 지하철 화장실에 숨어 전화를 걸었다. 가장 빠르게 예약할 수 있는 날짜도 이 주는 기다려야 했고, 그때는 이미 민영이 본격적인 예술 활동을 위해 한국을 떠난 상태여서 나는 혼자서 병원에 다녔다.

졸업이 코앞에 다가왔을 때, 들를 일이 있어 집에 갔다가 엄마에게 병원에 다닌다고 고백했다. 엄마는 손바닥으로 이마를 감싸며 한숨을 쉬었다. 정신병원 다니면 다 기록 남는다고, 취업할 때 불리할 수도 있는데 넌 생각이 있는 거니 없는 거니 하며 진위를 알 수 없는 말을 잔뜩 늘어놓던 엄마가 화를 못 이기고 테이블 위에 있던 성경 학교 책자를 집어던졌다. 선반 위에 있던 동물 모형들이 와르르 무너졌다.

나는 호소했다. 나는 아주 오랫동안 가라앉아 있어. 항상 피곤하고, 자주 멍해지고, 계속 생각을 해. 무엇보다 자꾸 상상을 하고 너무 많이 해서 그걸 가끔 현실과 구분을 못해. 엄마에게 말하고 싶지 않았지만 의사에게 했던 말들을 외워뒀다가 기계처럼 뱉었다. 이렇게 말하면 아픈 걸 알아줄 것 같아서 그랬다.

엄마는 누군 안 그런 줄 아냐고 했다. 남들도 다 그렇게 산다고 했다. 너만 무슨 특별한 병이 있는 게 아니라 다 우울하고 다 피곤하고 멍해지고 헷갈린다고 했다. 그리고 그런 것들은 다 자연 치유가 되는 거라고, 정신병원은 과잉 진료로 유명한 것도 모르냐고 했다.

"인간이라면 생각이 있는 게 당연한 거야."

생각이 끝나지 않는 것이 정말 모두의 일상적인 경험일까? 자신이 해내지 못한 것이나 돌이킬 수 없는 것들을 끊임없이 생각하는 게? 이랬다면 좋았을 텐데, 저랬다면 좋았을 텐데 하며 밤잠을 이룰 수 없는 게? 그렇다면 우리가 죄다 정신병자인 거지 내가 괜찮은 건 아닐 거야.

"다른 사람을 만나면 그 사람이 되고 싶은 것도?"

"부러워하고 질투하고 이런 거 다 자연스러운 거야. 사람이라면 다 그래."

"그 욕망에 집착하는 것도? 혼자 있을 때는 숨도 쉬어야겠다 생각하고 쉬고, 잠도 자야지 하고 마음먹으면서 하는 것도?"

"그 정도면 스스로 우울하길 선택하는 것 아니니?"

내가 조금 더 차분히 생각했다면 엄마가 나를 걱정해서 나무라고 있다는 것을 알았을 것이다. 하지만 그런 걸 알았다고 한들 내 대답이 바뀌진 않았을 것 같다.

"선택? 우울한 것도 내가 선택하는 거고, 자살하는 것도 선택이고. 왜. 태어나는 것도 내가 태어난 거 아니냐고 하지."

내가 선택할 수 있는 것은 단 하나도 없는 것 같은데 이상하게 엄마가 말하면 다 맞는 말 같았다. 내가 정말로 이 상태를 유지하기 위해 애쓰고 있는 걸지도 몰라서 갑자기 말문이 막혔다.

"그래, 너 말 잘했다. 네가 태어났다는 걸 이제야 알았어? 네가 온 거야. 이 세상에. 네가 맞춰야 하는 거라고. 좀 곱게 살아. 평범하게 살아, 좀."

나는 뭐라 답할 수 없었고, 엄마는 갑자기 또 한차례 버럭 화를 내더니 병력 있으면 결혼도 못하고 취업도 못하는데 너 이제 어떻게 살 거냐고 따졌다. 엄마는 정말로 그 모든 것이 서로 밀접하게 연결되어 있다고 믿는 것 같았다. 엄마는 너무 순수하고 순진해서 남이 하는 말을 다 믿고 산 것 같았다.

"이해인, 대답을 해보라고."

"내가 알아서 할게. 왜 그래? 내가 엄마한테 뭐 도와달라고 했어?"

"병원 얼마였어? 넌 학자금 생각은 안 해? 정신 좀 차려. 애가 세상 물정을 몰라."

엄마는 그런 병원들에 사이비나 사기꾼도 많은 거 모르냐면서 끊임없이 나를 다그쳤다. 우리가 매일 보는 사이였다면 이 잔소리를 하루씩 소분해서 들을 수도 있었을 텐데, 가끔 보는 사이라서 만날 때마다 쌓여 있던 말을 전부 쏟고, 전부 들어야 했다.

"그만 좀 해. 나 들어간다."

엄마는 방에 들어가는 나를 붙잡고 밀었다. 내가 자기를 무시했다고 생각한 엄마는 나를 한 대 칠 것처럼 노려보면서 말했다.

"너는 네가 나를 배려한다고 생각하지? 내가 얼마나 널 견디고 있는지 모를 거야."

엄마의 말이 귓바퀴를 돌아 완전히 빠져나가기 전까지 나는 계속 모를 것이라는 말을 곱씹었다. 우리는 다 얼추 평등하게 아무것도 모르면서 사는데 왜 이딴 걸로 비난하는 거냐고 묻고 싶었지만, 나는 엄마를 무시하고 방으로 들어갔다. 생각할 게 많았다. 정말 내가 우울하길 스스로 선택하는지, 내가 어떻게 해야 곱고 평범하게 살 수 있는지 알아내지 않으면 안 될 것 같았다.

나와 엄마는 내게 자아가 생긴 뒤로 쭉 이런 패턴의 대화를 해왔다. 그래서 잘못을 저지르면 길바닥에서 맞아야 하고, 친구 장례식 날에도 학원에 가야 하고, 미주와 나눈 얘기 같은 것을 엄마와는 하나도 하지 못했다. 이미 어른이 되었기 때문에 이런 걸 가지고 엄마에게 화를 내거나 따질 생각은 없었지만, 서로 별로 공감하지 못하고 전혀 인정할 수 없는 말을 주고받으면서 우리가 이 관계에 적응했다는 사실은 때때로 나를 슬프게 했다. 적응은 진화의 증거인 줄 알았는데, 이런 게 진화라면 안 하는 편이 좋지 않을까 싶었다.

아무튼, 나는 진료실에서 가만히 앉아 의사가 나를 돌아보길 기다렸다. 그는 분주하게 상담 준비를 하더니 자세를 한번 고쳐 앉았다. 나는 그제야 조금 불안해졌고, 의사는 여느 때처럼 딱딱한 말투로 내게 근황을 물었다.

나는 영원에 대해 생각나는 대로 전부 이야기했다. 의사는 내가 지난 몇 달간 빈 합주실에 앉아서 혼자 떠들었다는 사실을 듣자마자 미친 듯한 속도로 타이핑하기 시작했다. 공연장

대기실에 몰래 들어가서 앉아 있다 나오거나, 숙소 근처에서 하염없이 출입구를 지켜보기도 했다고 말하자 의사는 잠시 팔짱을 꼈다가 시계를 보았다가 다시 모니터를 바라보았다.

"저 입원해야 하나요?"

의사는 판단을 보류했고, 나는 죽고 싶은데 참기도 하고, 내가 좋아하는 것들을 알게 되기도 하고, 가사를 써보기도 했는데 입원을 해야 하냐고 물었다. 변명처럼 들렸을지도 모른다.

"이 영원이라는 사람은 정확히 누구인가요?"

"제가 좋아하는 기타리스트예요."

"그 사람과 실제로 교류를 한 것은 아니고요?"

"서점에 몇 번 오긴 했었어요. 아마 그냥 책 사서 갔을 거예요."

"음, 그렇다면 일종의 팬픽션이군요."

"그런가요."

나는 떨떠름하게 답하며 의사의 말을 경청했다. 그는 영원이 나의 슬픔의 복제라고 설명했다. 내가 그를 통해 한 차례 연습을 했기 때문에, 이제는 진짜를 보내줄 수 있을 것이라고 했다.

"예행연습을 했다는 뜻인가요?"

"그렇게 볼 수도 있겠네요. 잘 보내주었나요?"

나는 의사의 물음에 천천히 고개를 끄덕였다.

*

내가 영원을 떠나보내고 오랜만에 집에 갔을 때, 엄마는 방에 혼자 누워 있었다. 영원이 공항에는 어떻게 갔을지, 시카고에 잘 도착했을지 조금 걱정하면서 엄마 앞으로 다가갔다.

"뭐 해?"

"생각."

엄마는 나를 거들떠도 보지 않고 답했다. 베갯잇이 구겨져 있고, 방에서는 퀴퀴한 냄새가 났다. 단순히 기분이 나쁜 게 아니라 뭔가 머릿속이 단단히 잘못된 사람처럼 보였다. 나는 혹시 엄마가 나로부터 정신병이 옮았을까봐 엄마를 유심히 지켜봤다. 엄마도 그 생각의 저주에 당했다면 비로소 이제 나를 조금은 이해해주지 않을까 하는 미세한 희망에 사로잡힌 것이다.

"무슨 생각?"

"가끔 주희 생각을 해."

"엄마가 왜 개 생각을 해?"

"네가 맨날 개 따라 한다고 다리 찢어지는 밥새 될 뻔했잖아."

나를 오랜만에 봤으면서 엄마가 대체 왜 다짜고짜 나의 가장 취약한 부분만 깊게 긁는지 알 수 없었다. 엄마가 나를 너무 잘 알고, 또 전혀 모르기도 하는 사람이라는 사실에서 도망치고 싶어서 그 자리를 박차고 나갈 뻔했다.

내가 아무것도 반박하지 않고 그게 지금의 엄마와 무슨 상관이냐고 묻자, 엄마는 천천히 몸을 일으켜 답했다. 수척해진 얼굴이 내 머릿속을 처음부터 끝까지 들여다보는 듯한 눈으로 나를 바라봤다.

"네가 결혼도 안 하고, 취업도 제대로 못하고 그게 다 그때 네 다리가 찢어져서 그런 거 같아서 엄마는 마음이 아파."

엄마는 정말로 나를 사랑하는 것 같았다. 단지 나는 이게 무슨 사랑인지 몰라서, 영원히 오해와 착각에 시달릴 것 같았다.

"그러게 왜 뱁새를 낳았어? 황새를 낳았어야지."

"뱁새가 어떻게 황새를 낳니?"

엄마는 천천히 몸을 일으키더니 이불을 살짝 정리하고 일어섰다. 밥이나 먹자면서 부엌으로 향했다. 나는 엄마가 차려준 밥을 먹으면서 계속 주희에 대해 생각했다. 생각은 원래 옳는 건데, 그래서 무서운 건데, 그걸 여태 몰랐다니.

"집에 들어와서 살아. 어차피 학교 매일 가는 것도 아니잖아."

반찬통을 정리하던 엄마가 뜬금없이 내게 집으로 돌아오라고 했다. 나는 젓가락질을 멈추지 않은 채로 답했다.

"생각해볼게."

*

미주의 작업실에서 뭔가를 훔친 뒤 술을 마시고 집에 돌아온 날, 나는 고작 맥주 두 캔에 알딸딸해져서 집에 도착하자마자 가방을 열어 바닥에 엎었다. 내가 미주의 서랍에서 꺼내온 것은 주희의 유품이었다. 노트 한 권, 종이 쪼가리, 핸드폰, 폴라로이드 사진 몇 장과 액세서리. 거의 다 중학교 때 쓰던 물건들이었다.

나는 어지러움을 느끼며 살짝 휘청거리다가 물을 한 잔 마시고 굴러다니는 종이 조각들을 주웠다. 책상 위에 증거물처럼 하나하나 깔아두고 관찰했다. 가장 작은 것은 중학교 3학년 때 반에서 다 같이 쓴 롤링페이퍼의 일부였는데, 내가 주희에게 쓴 부분만 찢어서 따로 보관했다는 것부터 수상해서 아무리 읽어도 글자가 머릿속에 들어오지 않았다. 눈물이 초점을 흩어서 무슨 글자인지 읽을 수도 없었다. 나는 그날 입안쪽을 깨물며 울음을 참고, 천천히 소리 내어 내가 썼던 글을 읽어야 했다.

"주희에게. 왜 항상 너랑 인사할 땐 멀리 가서 영원히 못 볼 거 같은 기분이 드는지 모르겠다. 어릴 때부터 그랬어. 근데 정말로 결국 고등학교 갈리네. 서울 가서 바빠도 나 잊지 마. 나 그리워해야 돼."

다른 애들이 주희에게 뭐라고 썼는지 궁금해서 더 뒤져봤지만 내 메시지가 유일했다. 어차피 대부분 할말 없다고 잘 가 고마워 예뻐 부러워 같은 말을 썼을 테니까, 나 같아도 버렸을 거라고 생각하며 다른 종이를 들었다. 성적표와 생일 카드, 남자 아이돌 엽서 몇 장이 전부였다.

그 물건들을 미주에게 언제, 대체 뭐라고 말하며 돌려줘야 할지 고민하던 나는 무의식적으로 펼쳤던 노트의 첫 줄을 읽자마자 마음을 바꾸었다. 먹어버리는 한이 있더라도 내가 간직하겠다고.

이해인은 상상도 못할 거다. 내가 나를 얼마나 싫어하는지.

그게 그 페이지의 첫 줄이자 유일한 행이었다. 노트를 들고 다니는 주희의 모습을 본 적은 있지만 당연히 배운 것을 필기하는 용도라고 생각했는데, 주희가 수업 시간에 뭘 하는지 내가 거들 떠도 보지 않는 사이 주희는 나로 시작하는 글을 쓰고 있었다.

일기라고 하기엔 짧은 문단 몇 개와 무지막지한 여백을.

선생님이 내 춤을 따라 하며 '너 지금 이렇게 춰. 발 하나도 제대로 안 하고 동작이 안 보여. 흐물흐물거리면서 엄청 멋있는 척만 해'라고 말했다. 그러더니 엄청 웃었다. 엄마한테 걔가 나를 조롱했다고, 안 다니고 싶다고 말했는데 엄마는 '그래, 그럼 다니지 마'라고 했다. 너무 화가 나서 꽃병을 던져서 깨뜨렸다. 그 학원 계속 보낼 거면서 말만 그렇게 할 거면 내 편이라도 들어주든가.

주희는 자신의 기록을 남이 읽게 될 거라고 생각하지 않았을 테고, 남에게 절대로 보여주고 싶지도 않았을 것 같아서 그쯤에서 노트를 덮으려 했다. 주희를 위해 다시는 노트를 펴보지 않고, 그렇다고 미주에게 돌려주지도 않고 어느 날 갑자기 덜 슬퍼져서 기분이 내키면 버리려고 했다. 단지 모든 건 과거라고, 우린 이제 아무것도 할 수 없으니 마음대로 하라던 미주의 말이 나를 지독하게 유혹해서 한 페이지만 더 읽기로 했는데, 그 순간 나는 주희보다 나를 더 위하고 말았다.

은아 언니랑 공부하다가 집 가는 길에 이해인이랑 만나서

산책했다. 이해인은

원어민 영어 시간에 영어 이름을 만들었다. 나는 블레어나 카야로 하려다가 쪽팔려서 본명이랑 비슷하게 주디로 정했다. 이해인은 이름이 해라는 뜻이니까 써니로 지었다.

꿈이 뭔지 발표해야 해서 발레리나라고 말했지만 사실 나중에도 계속 발레를 한다면 발레 선생님이 되고 싶다. 나는 가르치는 것에 소질이 있는 것 같다.

내 이름이 자꾸 나오는데, 주희가 나를 어떻게 생각했는지 조금 더 알 수도 있는데 멈출 수는 없었다. 내가 어떤 사람이었는지, 우리가 어떤 시간을 보냈는지, 주희에게 내가 뭐였는지 알고 싶었다. 나는 다시 만나지 않을 것 같은 미주에게 반박할 말을 떠올렸다. 우린 이제 아무것도 할 수 없다고 했잖아요, 근데 뭐 하나라도 알아낼 수는 있지 않아요? 인생은 소설 같아요. 영원히 해석하고 기억하다보면 가끔씩 새로운 걸 얻지 않을까요. 내가 생각해낸 말이 반론이 아니라 오히려 동조 같아서 나는 노트를 붙잡고 가만히 있었다.

　나는 고등학교 시절 내내 주희가 했던 말들을 분석하며 살았다. 뭐든지 다 암호처럼 여겨지고 무슨 신호를 보낸 건 아니었는지 의심했다. 내가 그 애를 너무 외면하거나 방치했을까봐 두려웠다. 나로부터 너무 많은 상처를 받았을까봐, 내가 그걸 하나도 몰랐을까. 그날 내게 그 노트는 똑같은 편집증과 두려움을 들이밀었다. 중학생 때 썼다는 걸 아는데도 모든 대목을 곱씹고, 모든 말이 운명의 실에 연결된 것도 아닌데, 하나의 끝으로 귀결되지 않는데도 어떻게든 말이 되게 이어 보려고 했다.

특히 쓰다 만 문장들을 끝맺어보려고 유심히 읽었다. 나를 언급해놓고 다음을 적지 않은 부분의 뒷내용이 뭐였는지 알고 싶어 미칠 것 같았다. 맥락이 없어서 뭐든 답이 될 것 같았다.

도덕: 니체는 사람들이 제일 많이 하는 거짓말이 자기 자신에게 하는 거짓말이라고 했다고 한다. 그런데 이 사람은 뭔데 이렇게 말을 많이 한 거지?
나보다 나를 싫어하는 사람은 없을 것이다. 어떤 의미에서

어떤 의미에서까지만 쓰고 비워둔 부분이 마음에 걸렸다. 어떤 의미에서 뭐? 어떤 의미에서는 위로가 된다고 하려고 했어? 나보다 날 더 싫어하는 사람은 세상에 없다는 사실이

다행인 것 같다고 적으려고 했어? 나는 종이에 대고 미친 사람처럼 추궁하다가 그 모든 상상이 오직 내 생각이라는 것을 문득 깨달았다. 그림을 감상하는 사람들이 그림 속에서 자신이 보고 싶은 것을 보고야 마는 것처럼, 나 또한 듣고 싶은 말을 들으려고 한 것이다.

무용과 입시에 성적 중요하다고 하길래 은아 언니한테 물어봤는데 중학교 성적은 안 중요하다고 했다. 엄마는 중요하다고 하고, 은아 언니는 전혀 상관없다고 함······

자야지. 자야만 이 지루한 밤이 지나가.
사랑해 널 이 느낌 이대로 그려왔던 헤메임의 끝. 요즘은 이 노래랑 '어느 여름날'만 무한 재생중.
은아 언니 남자친구가 나한테 아 진짜 웃기다 말도 안 돼 너무 웃겨서 안 쓸래

그 언니는 너 장례식에 오지도 않았는데. 걔는 그날도 남자친구랑 찍은 사진 올렸다가 좋아요 못 받아서 삭제했어. 나는 다 지나간 과거의 주희를 붙잡고 혼내고 싶어했다.

남자애랑 다녔다고 엄마랑 또 싸웠다. 은아 언니 친구라서 같이 본 거라고 했는데 내 얘길 안 들어준다. 나는 모든 사람들과 싸우는 것 같다.

그쯤에 젖었다 마른 자국이 있었다. 싸우고 싶어도 이제 더는 주희와 싸울 수 없었지만, 그럼에도 나는 절대 주희와 싸우지 않겠다고 다짐했다. 내가 살아 있는 동안 나의 의지와 상관없이 주희는 항상 내게 현재 진행형으로 존재할 것 같았다.

좋아하는 애가 있다 나한테도
나도 사람을 좋아하지 말고 이해인처럼 춤이나 뭐 물건을 좋아했다면

주희는 한 번도 나에게 누구를 좋아하고 말고에 관해 이야기한 적이 없었다. 그 애는 여자애들 남자애들 소꿉놀이 하듯이 역할 나눠서 시시덕거리는 장난질 관심 없다고 연애를 비하했었는데, 나는 그 말이 너무 폼 잡는 것 같아서, 어른 흉내 같아서 살짝 비웃었다. 실은 너도 누구 하나 잡아서 남자친구 역할 시키고 싶은데 엄마가 난리칠까봐 그런 거 아니냐고 했다가 살을 잔뜩 꼬집혔다.

나는 주희가 노트를 중학교 3학년 때 썼다는 걸 대충 짐작하면서 다음 장을 넘겼다. 주희가 노트를 반절밖에 쓰지 않아서 구김이 없는 빈 페이지들이 스르륵 넘어갔다. 내 손가락 틈으로 너무 많은 침묵이 지나가서 손바닥이 시렸다.

자연스럽게 다다른 마지막 페이지에는 내 이름이 적혀 있었다. 이해인, 정갈하게 적힌 세 글자 말고는 아무것도 없었다. 앞에는 낙서가 있는 페이지도 몇 장 있었는데, 그 페이지는 너무 깨끗해서 접어서 날려버리고 싶을 정도였다.

*

엄마의 끝없는 권유에 못 이겨 나는 학기가 끝나자마자 자취방을 정리하기로 했다. 민영은 내가 예전에 자기 전시 설치를 도와준 적이 있으니 이번에는 내 이사를 돕겠다고, 부탁하지도 않았는데 우리집에 왔다. 그는 쇼핑백에 담긴 커튼을 보고 새로 샀냐며 덥석 들어올렸다.

"아냐, 찢어진 거야. 내 거도 아니고."

"그래 보이네. 어쩌다가 이렇게 흉하게 찢은 거야?"

"그냥, 춤추다가."

나는 물건을 전부 분류하고 종류별로 박스에 담았다. 깨질 것 같은 건 일일이 에어캡으로 포장했다. 민영은 도와주러 온 것 치고 아주 느긋하게 굴면서 내 붓과 물감을 한곳에 천천히 모았다. 그러다가 선반 한데에 쌓아놓은 모작들을 집어 들었다. 다 내가 그린 거냐고 물어서 그냥 과제였다고 말했다.

"이게 뭐지?"

민영이 움켜잡은 종이 더미 사이에 글씨가 빼곡하게 쓰여진 종이 한 장이 삐죽 튀어나와 있었다. 민영이 손으로 종이를 빼내어 내 앞에 대고 흔들었다. 한쪽 모서리에 울퉁불퉁하게 찢어진 자국이 있어서 단번에 어떤 노트에서 뜯은 페이지임을 알 수 있었다.

"직접 쓴 거야? 엄청 휘갈겼네."

나는 아무것도 모르는 척하며 내가 쓴 게 아니라고 잡아떼고, 대신 읽어달라고 부탁했다. 나는 자세히 봐도 무슨 말인지 모르겠다고 뻔뻔하게 굴었다. 내가 아닌 사람이 그 글을, 내가 한강에서 쓴 가사를 나에게 읽어줬으면 좋겠다고 생각했다.

민영은 조금 난처한 얼굴로 쪽지를 바라봤다. 자신이 읽기에는 부적절할 것 같다고 중얼거렸다. 내가 전혀 관심 없는 사람처럼 돌아서자 민영은 그제야 바닥에 풀썩 앉더니 음성 사서함 안내 음성 같은 말투로 나와 영원이 함께 쓴 편지를 읽기 시작했다.

"말하고 싶은 게 있어. 난 네가 쓴 글이 좋아. 네가 하는 말도 좋아. 이상하게 들리겠지. 네 표현과 비유, 말 들 전부 나 같아서 좋아."

내가 주희에게, 어쩌면 나에게, 영원에게, 영원이 나에게 전하는 말들이 별처럼 빙글빙글 돌았다. 그것은 미묘하게 리듬을 지키고 있어서, 멜로디가 없는데도 민영이 뭔가를 흥얼거리고 있다고 착각할 수 있을 정도였다.

"난 한 번도 내 말들을 믿은 적이 없었어. 그런데 너와 있을 때면, 네 목소릴 지금까지 찾아 헤맸던 걸 알게 돼. 너는 내 목소리를 닮았어."

나는 작게 탄식했고, 편지인지 가사인지 뭔지 모를 잡문을 읽던 민영은 미소 지었다. 그는 아랫부분의 글씨는 자기도 못 알아보겠다고 포기했다. 어디서 불 다 꺼놓고 한석봉처럼 쓴 거 아니냐고 따지는데 나는 어떤 반응을 보여야 할지 알 수 없어 말없이 테이프만 뜯었다.

곧이어 민영이 다시 물건을 옮기기 시작했다. 그는 이 글을 누가 쓴 건지, 무슨 일이 있었는지 묻지 않았다.

나는 이유를 알 수 없는 외로움을 느끼면서 동시에 모든 것이 충만해지는 감격을 떠안았다. 뭐든지 할 수 있을 것 같은 새로운 의욕을 느꼈다. 그렇다고 뭐 대단한 걸 시도할 수는 없었지만 잘 버리지 못하는 성격인데도 이사를 빌미로 필요 없는 물건을 잔뜩 버리고, 예전에 그린 그림들을 당당하게 민영에게 보여주었다. 이사 업체 직원에게 원하는 것을 전부 당당하게 요청하고, 본가에 돌아가자마자 쉬지 않고 짐을 풀었다. 엄마는 별로 안 좋아할 걸 알아도 꽃을 사다가 병에 꽂아놓았다.

자취하느라 늘었던 지출을 줄이면서 나는 평소 하지 못했던 것들을 해보기로 결심했다. 기타를 배운다든지, 책을 왕창 산다든지, 영어 학원에 다닌다는 계획을 세우다가 전부 지우고 미국 여행을 목표로 잡았다. 영원을 다시 만나고 싶었다. 미처 다 하지 못한 말이 있거나 미련이 남아서가 아니라 잘 지내는지 궁금했다. 어떤 변화를 겪고 어떤 마음으로 사는지 알고 싶어서 나는 마지막 학기가 시작하기 전에 꼭 시카고에 다녀오기로 했다. 인천-시카고 왕복 비행기를 예약하고 온갖 검색 엔진에 시카고를 검색했다. 숙소는 어디에 잡아야 하는지, 뭘 사거나 먹어야 하는지를 찾아보다가 지쳐서 누웠을 때, 책장 꼭대기에 놓인 노란 종이를 발견했다. 오래전에 갔던 유학 박람회 팸플릿이었다. 나는 시카고 미술관 사진 위에 쳐진 동그라미를 보고 큰 소리로 웃어버렸다.

출국 전까지 꾸준히 병원에 다니고 알바를 하고 가끔 그림을 그리고 글을 썼다. 엄마가 집을 비운 시간에는 거실에서 스트레칭을 하고 춤을 추기도 했다. 새로운 걸 시작하기보단 내가 할 줄 아는 것들을, 좋아하는 것들을 잃지 않으려고 쳇바퀴 돌듯 연습했다. 경솔하게 뭔가가 되겠다고 나대지 않았다는 뜻이다.

자책이 줄지는 않았지만 나는 따로 하고 싶은 게 있었다. 진심으로, 마지막으로 주희에게 나만 줄 수 있는 꽃을 바치고 싶었다. 그 방법을 알아내려고 여행 직전까지 고군분투했다.

비행기에 탑승할 때까지도 좋은 방법을 떠올리지 못했지만, 처음 가보는 도시에 있다보면 영감을 받을지도 모르고 시간은 넉넉하니 급하게 결정하지 않았다. 나는 게이트 앞에 앉아서 미국으로 돌아가기 전 영원이 사운드클라우드에 올려두었던 노래를 계속 들었다. 이별을 고하는 것 같기도 하고, 새로운 인연을 반기는 것 같기도 한 오묘한 음이 이어졌다.

열세 시간의 비행을 마친 나는 잔뜩 경직된 몸으로 시카고 오헤어 국제 공항의 입국심사장으로 향했다. 심사가 길거나 어렵지 않았지만 나는 손을 살짝 떨 정도로 긴장했다. 유학을 꿈꿨던 스무 살 시절로 돌아간 기분이 들었다. 여기 살 것도 아닌데 괜히 들뜨고 초조했다. 고작 보름 정도 머물 뿐인데 이 기간 이전의 나와 이후의 내가 달라질 것이라는 확신이 들었다. 떠나보내기만 하고 직접 떠나본 적이 거의 없어서일까? 여행에 너무 많은 기대를 걸어버린 게 분명했다.

짐을 찾은 나는 시내에 있는 숙소로 가기 위해 지하철을 이용했다. 시카고는 같은 이름의 역이 여러 개라 노선도만 봐서는 헷갈려서 시시때때로 구글 맵스를 켜 확인해야 했다.

내가 하차한 역은 파란색 라인에 있는 시카고 역이었다. 역사에 기타를 연주하는 남자가 있었는데, 영원과 전혀 다르게 생겼는데도 그를 보자마자 반가워서 몇 분 동안 캐리어를 들고 연주를 관람했다. 클래식 기타의 아름다운 선율이 인파 속으로 스미는 동안 사람들은 그를 무시하거나 지나치거나 그의 앞에 서서 영상을 찍었다.

기타를 치는 남자는 길거리 관객들이 무엇을 하든 계속 웃었다. 정말로 즐거운 건지 그런 척하는 건지 알 수 없었지만, 나는 다음 열차가 들어올 때까지 플랫폼에서 그의 음악을 들었다.

지상에 올라오자마자 내가 본 것은 인라인스케이트를 타는 할아버지와 그림자 같은 노숙자들이었다. 길과 건물이 맞닿는 그늘마다 사람이 앉아 있는데, 별로 두렵거나 불쾌하지 않았다. 나는 그저 나에게 몇 달간 환상을 내어준 한 아티스트의 고향 도시에 왔다는 것, 그 도시는 이렇게 생겼다는 것을 배우고 있었다.

나는 숙소를 찾아가 짐을 두고 버스 정류장을 향해 걸었다. 별로 화려한 곳이 아니라고 생각했지만 버스를 타고 시내로 향하자 미디어에서만 보았던 큰 건물들이 나타났다. 서울에도 높은 건물은 많은데, 시카고의 고층 빌딩들은 좀더 압도적인 느낌이 있었다. 나는 모든 게 무탈히 예상대로 흘러가는 것을 조금 불안하게 여기면서도, 정작 죄다 처음 보는 것뿐이라 자꾸만 넋을 놓고 풍경을 구경했다.

처음 이틀 동안은 혼자 이곳저곳을 돌아다녔다. 커다란 공원에 가서 강낭콩처럼 생긴 스테인리스 조각 작품을 보고, 그다음 날엔 그 옆에 있는 미술관에 갔다. 그토록 꿈꿔왔으면서 정작 별로 실감이 안 나서 죄다 가짜 같았다. 현실이 아니라 게임이나 메타버스에 입장한 것만 같아서 나는 자꾸 벽에 기대어보고, 소파에 앉아보곤 했다.

대낮엔 너무 더워서 숙소로 돌아와 누워 있기도 했다. 그러다 시간이 아까워서 일몰을 보러 배를 타러 나갔다. 나는 밤까지 밖에서 버티며 야경을 보다가 돌아왔다.

피곤해서 금방 잠들어도 시차 적응이 안 되어 새벽 다섯시만 되면 자꾸 깼다. 나는 창밖의 새파란 도시를 바라보다가 영원을 만나기로 마음을 굳혔다. 어디로 가면 그 애를 만날 수 있을까. 내가 만나고 싶은 건 김영원이라는 어떤 실존 인물이 아니라는 것을 이제 잘 알고 있었다. 나는 너를 만나러 온 게 아니라, 나를 만나러 여기까지 왔다. 시카고에서, 대도시의 한복판에서 나는 나의 영원과 재회를 앞두고 있었다.

다시 잠들지 못할 바에 나가서 걸어야겠다고 생각했다. 정처 없이 걷고 또 걷다보면 닿을 수 있을 것만 같았다. 옷을 대충 갈아입은 나는 숙소를 빠져나와 거리로 향했다. 안개에 파묻힌 고층 건물들, 열매처럼 생긴 동그란 가로등 전구 아래에서 나는 이어폰을 두 귀에 끼우고 음악을 틀었다.

영원이 사운드클라우드에 올려둔 노래는 음원 차트에 있는 곡처럼 음질이 탁월하지 않았지만 나는 처음부터 끝까지 외울 만큼 들어서 상관없었다. 주머니에서 가사를 적은 종이를 꺼내 이어폰에서 흘러나오는 음악에 맞춰 읽었다. 우리만 알아들을 수 있는 이상한 말들로 가득한, 그 진부한 사랑 노래를 속삭이듯 낭독했다.

노숙자 몇 명 빼곤 아무도 없는 거리에서 나는 계속 가사를 중얼거렸다. 곡을 직접 연주하거나 무대 위에서 노래를 부르는 것도 아닌데 저절로 노래에 도취했다. 밴드도 아니면서 머리를 살짝 흔들다가 주변을 둘러보았다. 아무도 나를 모르고, 나 역시 아는 게 하나 없는 세상이 나를 포위하고 있었다.

나는 주희를 떠나보낸 후 처음으로 춤추고 싶다는 강한 욕망에 사로잡혔다. 지금 서 있는 지점부터 블록 저 끝까지 스텝을 밟으며 나아가고 싶었다. 두 팔로 허공을 감싸기도 하고, 내 몸을 껴안기도 하면서. 내가 안무를 마치고 몸을 한 바퀴 돌려 횡단보도 앞에 착지하면, 빨간불이 파란불로 바뀌고 누군가 나를 기다리고 있다가 손을 맞잡아줄 것 같은 기분이 들어서 나는 곧장 발을 내디뎠다.

나는 차분하게 허공을 감싸안으며 고양이처럼 뛰었다. 빨리 걸으면 일 분 남짓인 거리를 폴짝거리고 빙글 돌고 뒷걸음질치고 다시 폴짝거리면서 삼 분 동안 돌아다녔다. 어느덧 얼굴에 열이 확 올랐다. 두 발꿈치를 서로 맞대고 반듯하게 서면 몸이 아코디언처럼 벌어지는 것 같았다. 마음도 그렇게 벌어져 틈이 커지고 그 안으로 공기가 흘러드는 것 같았다.

노래가 끝나기 전까지 멈추지 않고 온몸으로 곡선과 원을 만들었다. 가슴에 사운드 홀을 파내듯이, 내 안의 낡은 감정들을 전부 울려서 내보내려고. 주희를 생각하면 푹 꺼진 사랑도, 부풀어오른 사랑도 다 뱉을 수 있을 것 같았다.

노래가 끝나는 순간 나는 하늘을 향해 앞으로 두 팔을 뻗으며 멈춰 섰다. 주희의 장례식장 앞에서 춤을 추던 여자애가 취했던 자세를 흉내내면서, 좀더 강한 반동을 실었다. 숨을 거칠게 뱉으며 이어폰을 두 귀에서 뺐다. 어디선가 박수 소리가 들려 돌아보자, 보도 공사장에 있던 남자가 나를 위해 손뼉을 치고 있었다. 그는 휘파람을 휘익 불더니 살짝 다가와 인터넷에 올릴 영상을 찍는 거냐고 물었다. 나는 비슷한 거라고 답하고 불이 바뀌자마자 뛰었다. 텅 빈 거리를 내달렸다. 아직 열지 않은 가게들과 차가 없어도 패턴을 지키는 신호등을 지나쳤다. 새까만 맨홀 위를 사뿐거리며 밟았다. 영원에게 물어볼 것이 많아서 마음이 점점 급해졌다. 나의 영원에게, 나에게 질문을 쏟으러 가는 길이 너무 신나서 머리가 어떻게 될 것 같았다.

그제야 그리움은 호기심과 닮아 있음을 깨달았다. 보고 싶다는 건, 뭘 하는지 보고 싶고 무슨 말을 하는지 듣고 싶고 무슨 생각에 잠겨 있는지 알고 싶은 마음의 총칭이었다. 나는 나에 대해 더 알고 싶었다. 내가 나의 못된 성격과 못난 특징을 차근차근 알아가고 이 세상을 어떤 식으로든 직접 겪고 싶어서 달리기를 멈추거나 미룰 수 없었다.

내가 사랑하는 것들은 수없이 내 질문을 받는구나, 춤과 그림과 글에, 주희의 오래된 일기장에, 미주의 사랑 방식에 나는 여전히 질문하고 있구나. 나는 사랑이 뭐라고 생각하냐는 미주의 질문에 드디어 답할 수 있었다. 그 지긋지긋한 비밀이 눈앞에 있었다.

사랑은 비추고 들추는 감정이었다. 내가 무시할 수도 있고, 외면할 수도 있는 것들에 나의 시선이 머물게 하는 빛. 어쩌면 내 이름으로 얼마든지 해낼 수 있는 가장 자신 있는 일이었다. 어째서 졸업 전시를 위해 그 많은 유리를 그리고, 윤슬을 바라보고, 고흐의 그림에 매혹되었는지 이제 답할 수 있었다. 스스로 이름을 정할 수 있었다면, 나는 이 이름을 택했을 거라고 처음부터 정해둔 것 같았다.

나는 아무 버스에 올라타 영원과 만나면 뭘 할지 고민했다. 영원은 시카고로 돌아와 어떻게 지내고 있을까. 다시 학교를 다니며 아르바이트를 하고 있을까. 나야 이제 책이라면 넌더리가 나지만, 영원은 뻔쩍뻔쩍한 대형 서점에서 카트를 밀거나 계산대를 지키고 있을 것 같다. 인디 서점에서 특이한 디자인의 책을 보고 감탄하고 있을지도 모른다. 어디가 됐든 들어오는 모든 손님에게 말을 걸 것이다.

그는 목재 서가 사이로 느리고 서정적인 재즈를 흘리는 오래된 서점에서 자연스레 턱을 흔들 것이다. 퇴근 때가 되면 한편에 기타 케이스를 세워두고, 내가 들어가면 급하게 정리를 시작할 것이다. 우리는 대놓고 반가워하지 못할 것 같다. 날뛰거나 껴안지 않을 것 같다. 그저 영원이 출입구를 잠가두고 돌아와 어떤 책들의 바코드를 무한정 스캔하거나 중요 메모를 게시판에 붙여두는 동안 나는 구석까지 들어가 온통 영어로 된 책등을 구경하고 있을 것이다. 일을 마친 그가 구석으로 따라 들어와 내게 손을 내밀 것이고, 우리는 서로의 허리와 목을 붙잡고 박자가 하나도 안 맞는 왈츠를 출 것이다. 춤이 이제 무섭지 않아서 내가 오히려 그에게 동작들을 알려줄지도 모른다. 영원이 오늘은 사장님이 없어요, 그래서 몰래 재즈 틀어놨어요, 원래는 클래식만 나와요라고 속삭이면 나는 잘 알지도 못하면서 좋은 선곡이라고 칭찬할 것이다.

'카드뮴 그린'을 떠난 영원은 이런저런 밴드를 전전하지 않고 한동안 쉬었을 것이다. 손을 다친 그를 받아줄 밴드도 없었을 테니까. 그러다 시카고에서 오랫동안 재즈를 해온 중년 남자들 밴드에 합류해 클래식 기타를 연주하고, 용돈벌이로 저녁마다 재즈 바에서 공연하게 되었을 것이다.

나는 그 작은 바가 나름대로 구비해둔 초대석에 앉아 마일스와 제임스 같은 이름을 가진 아저씨들을 쳐다볼 것이다. 마일스는 오르간을, 제임스는 드럼을 치는데 그들이 눈을 감고 입을 살짝 벌린 채 연주하면, 나는 저 사람들 정말로 음악에 심취한 걸까? 연기 아닐까? 하고 노려볼 것이고, 연주자들의 흥분이 가짜가 아니길 바라는 마음으로 칵테일을 마실 것이다. 이따금 현란한 심벌 소리와 낮은 오르간 음이 하나의 가락으로 겹쳐 귀를 멍멍하게 만들면 나는 정신을 차리고 영원을 바라볼 것이다. 그는 언제나처럼 약 올리듯 장난스러운 표정을 짓고 있을 것이다.

공연이 끝나면 새벽까지 테이블을 지키고 앉아 뭘 좋아하고 싫어하는지, 삶과 죽음에 대해 어떻게 생각하는지 떠들 것이다. 나는 아무데서나 글을 쓰고, 내 소설은 지상낙원에 같이 갈래요? 같은 문장으로 시작할 것이다. 무수한 예행연습을 겪는 여자의 이야기를 지어내면서 나의 생각과 무의식, 경험, 사랑과 상상으로 만든, 내 목소리를 닮은, 잊을 수 없을 영원한 인물을 길잡이 삼을 것이다. 그에게 물으면 내게 답이 생기는 마법 속에서 틀림없이 한 뼘은 클 것이다.

우리는 영원히 서로 질문하고 마음을 들추고 이해가 안 되면 다아시의 편지처럼 몇 번을 다시 읽어가며 우리가 누구인지 알아낼 것이다. 내가 어떤 날에는 오데트이고 다른 날에는 오딜이고 또 다른 날에는 아무것도 아니라는 것에 적응할 때까지. 내가 사랑하는 것들이 응답하지 않더라도, 무의식 속으로 잠겨버려도, 나만의 질서로, 제대로 살면서.

작가의 말

　나는 우울하다는 말 대신 얼얼하다는 말을 쓴다.

　내가 나와 사람들을 관찰하며 이해한 우울감은 기분이 하강하는 것, 바닥까지 가라앉는 것과 조금 다르다. 어디서 세게 얻어맞고 한동안 마비된 듯 아무것도 느끼지 못하는 얼얼함, 멍함에 가깝다.

　아쉽게도 정신은 누군가 종일 따뜻하게 어루만져준다고 말랑해지는 피부가 아니다. 갖은 노력을 해도 이 지겨운 슬픔의 옷을 벗을 수 없을 때가 있다. 어떤 이에게 우울은 끝이 없고, 감당할 필요조차 느끼지 못하는 일상적 감정이다.

　정색하고 누워서 아무것도 하지 않거나, 일어나서 음악을 듣거나, 씻지도 않고 생각만 하거나, 주저앉아 조용히 울거나, 다시 일어나 긴 한숨을 쉬고 한 걸음 내딛거나. 이 흐름에 익숙해지면 많은 순간이 고독이나 피곤, 둘 중 하나로 대충 정의된 채 지나간다. 사람들은 정말 복잡해서, 단일한 감정을 느낄 줄 모르는데도.

기쁨에도 슬픔의 부스러기가 떨어지고, 분노의 틈에도 종종 희열이 피어나고, 즐겁고 벅찬 날마다 은근한 무기력이 발목을 잡는다. 너무 슬퍼서 미치는 사람들도 가끔은 꽤 들뜬 목소리를 낸다. 정신이 얼얼하면 이런 아름다움을 자꾸 놓치게 된다.

얼얼한 채로 걷고, 뛰고, 무언가를 궁금해하고, 원하고, 사랑하는 사람들을 나는 사랑한다. 교차하는 감정을 스스로 지켜보는 사람들을 정말로 좋아한다. 그들을 위해 길에서 춤을 추고 싶으면 추고, 길바닥에서 울고 싶으면 울고, 다 큰 몸을 어린이 놀이기구에 욱여넣기도 하고, 남이 보기에 답답할 정도로 자책하고, 지긋지긋할 정도로 오랫동안 애도하는 인물을 만들었다.

뭐가 그렇게 힘든 거야? 대체 언제까지 슬퍼할 거야? 하고 물어보는 사람들에게 뭐라 답하면 좋을까? 나는 이런저런, 아주 다양한 목소리로 말하고 싶다.

'끝이 날 때까지. 어쩌면 영원히.'

나와 닮은 목소리들을 위해, 얼얼한 마음들을 위해 이야기를 만들고 싶다.

온갖 예행연습을 함께 하면서 이상하리만치 단단한 슬픔의 옷이 물렁하게 녹을 때까지 붙잡아주고 싶다.

이 이야기가 닿는 곳엔 꼭 볕이 들기를.

2023년 여름

김서해

GS 김서해 장편소설
너는 내 목소리를 닮았어
ⓒ 김서해

초판 인쇄	2023년 6월 28일
초판 발행	2023년 7월 19일

지은이	김서해
펴낸이	지영주
편 집	황예인 한수림
표지 디자인	김마리
본문 디자인	데시그
마케팅	최기현 김채린 정지혜
경영 지원	정의정

펴낸 곳	㈜자이언트북스
출판 등록	2019년 5월 10일 제2019-000085호
주소	경기도 고양시 덕양구 덕은1로 5 2층
전화	070-7770-8838
팩스	02-3158-5321
홈페이지	www.giantbooks.co.kr
전자우편	books@giantbooks.co.kr
인스타그램	https://www.instagram.com/giantbooks_official/

ISBN	979-11-91824-26-1 (03810)